劫鏢

科幻故事集

邱傑——著

【各界名家推薦】

世界著名未來學大師阿爾文・托夫樂（Alvin Toffler）在其著作《未來的衝擊》說過：「科幻小說是未來學必修的第一課。」。

自十九世紀末期，在文明與科技的各種新興激盪的火花中，開始燃燒諸多作家的奇異幻想，發展出「科幻小說」的文學型態——一個藉由文學來闡述新時代的想像力。而即便邁入了21世紀，人工智慧和基因改造等各種科技已超越古人期待，科幻小說卻依然瀟灑地走在時代的尖端，讓現實永遠跟不上書中的預期與想像，也因此科幻小說總能令讀者們津津樂道。

雖然歐美國家科學小說發展蓬勃，然華文世界中，提到科幻小說，聯想到的仍是圖書館長年不敗的排行榜—倪匡、衛斯理，而黃海、張大春、呂應鐘、平路等多位國內名家也長年為科幻小說辛勤筆耕而各有成就。因此，在台灣科幻小說發展如百花綻放的今天，本次熟識十多年的大園同鄉人邱傑先生告知要出版自身創作的八篇短篇科幻小說，我也是感到相當驚喜與感佩的。

邱傑創作完後，便迫不及待地讓我閱讀全文。本想抽空分段閱讀，但科幻小說的魔力，就是讓你深陷其中，而不知不覺中就將短篇的文字消耗殆盡，全書啃食完畢。這本書籍集結了各式的科幻，有未見的醫療手術、神秘的生物科技、詭譎的宇宙星艦和異星生物，巧妙地將文學及科技結合，希望可以分享給喜愛科幻作品的讀者。

同時，也再次恭喜邱傑本書達成第一百本創作！也期待更多不同的文學作品。

——莊秀美（桃園市政府文化局局長）

在我所認識的諸多名作家與藝術家中，能像邱傑老師這樣才華橫溢，卻謙虛自抑的人，可謂寥若晨星，少之又少。不過，最讓我為之心折的，倒也不是他的「文武全才」，而是他的作品中，飽含著對社會深沉的關懷與同情。

他所寫的散文，不見文字的雕琢，卻是那樣質樸真誠，那樣貼近生活，那樣情韻深厚，那樣親切動人，永遠予人一種春風拂面的溫暖感覺，甚至可以這麼說，他的作品為人們日常冰冷無趣的生活，撞開了一扇鐵門，讓人感受到生命的美好竟是如此立體！

人們讀邱傑老師挾其無比豐富的想像力和創意，寫出的科幻故事時，必然會被書中超現實的懸疑情節、鮮活的人物造型與生動的對話所俘虜，亟思當下就能揭開謎底，獲知故事的最終結局。

或許，此時你若聯想起美國科幻小說泰斗艾西莫夫（Isaac Asimov）的名言：「今天的科幻小說，就是明日的科學事實」，就不禁要深深感謝邱老師了，因為他又為所有的讀者開啟了另一扇窗戶，讓你我得以遠眺未來世界的景象！

——王壽來（文化部文資局首任局長、前台師大美術系兼任教授）

學業太忙碌，其實空白的多；生活太緊湊，也往往過得去就好；人生太無聊，像蟻族一般，更是人云亦云，漫漫的走沒有滋味的路。在生命微妙的元素裡，人，都在尋找流暢而美妙、創意而新鮮的人生。

是的，人嘛！生活的天地需要多樣性，心靈的世界需要多變性，就物質面而言，這叫做豐富；就精神面而言，這叫做滿足。喜歡行萬里路的人，到處去嚐鮮。於是，各種刺激的運動來了、各種休閒的旅遊來了！喜歡讀萬卷書的人，優游於書海，於是各種閱讀就來了！

美麗人生含藏著真真假假，案頭山水也孕育著虛虛幻幻，大故事家有無限想像的美麗故事，他幫人們營造了樂而忘憂的淨土，是最寶貝也是最有吸引力的文創。所以故事書，是填補心靈的養分，更是貧乏世界營造美麗人生最簡單的途徑。有人喜歡聽故事，就有人喜歡說故事；更厲害一點的，是說無中生有的故事，來讓你陶醉，來讓你樂此不疲，洗滌人們苦悶的人生。說歷史故事幫人解悶的，是神仙；說科幻故事帶人想像的，是快樂神仙。

我有一位老朋友，筆名邱傑，著作等【山】，就是一等一的快樂神仙，以前他是忘憂草、是忘憂樹、更是忘憂山，現在我必須說他是忘憂的神仙山。他的書都是教人樂以忘憂的。最近出版一本科幻故事集——《劫標》，能夠消暑，可以取暖，足以解憂，尤其能益智。書分八部：

一曰【心事】：以換頭為經，以私情為緯，從李教授和曹院長的立場，寫到倫理與醫學的糾葛，最後寫到主人翁最深層的心事。有科幻的建構、也寄寓了一段秘辛，鋪寫親情的原心，是科幻的想像也是人性的縮影。

二曰【叔叔的耳朵】：以一個十二歲小孩的視角敘寫叔叔的遭遇，「善美世界」以生技公司為幌子，其實是基改失控，叔叔的耳朵裡埋藏著晶片控制生命體的密碼，全篇以男孩、嬸嬸、王敏以及父親，展開一場營救的任務。

三曰【白尾巴的松鼠】：全文以遇到一隻白尾巴松鼠引導主人翁買彩券中獎、買土地，和在松鼠的引導看到神祕洞穴、奇異雕像等事件，在叢林中發生手機、手錶、指北針失靈等怪現象，松鼠出現四次後故事結束，如夢如幻。

四曰【火山異形】：故事說大白天一顆隕石掉落高溫熔岩區，帶來非地球生命體的神祕科幻故事，由主角、田吉、吳老師、林博士、黃博士等人，共同參與這場借用富維八號衛星重回太空的「變形蟲」的發現之旅。十分引人入勝。

五曰【剝皮樹上一層皮】：透過白千層密密麻麻的紋路，說了一個科幻的傳奇故事，以動物的眼光看查得周「凍齡科技」的故事，五十二年來產出第一位嬰兒的神祕感，帶領讀者身臨其境，一層翻過一層，十分過癮！

六曰【劫標】：這一篇是外太空的科幻故事，記敘運補艦台星９２６號的離奇遭遇。在9艙中出現一群黏稠狀的黑色物，這彼此黏結的鏈狀體／異形，企圖劫走第九儲存艙滿載外太空的地球實驗移民的美食，其中也夾雜莫非凡與秦娟娟的情感流動。故事精采，曲折動人。

七曰【河童的故事】：這一篇透過小外甥毅毅所發現的【河童】，發生在茄苳溪橋的傳奇故事。主題是基改物種，違反基因工程改造倫理，以人類基因轉植給動物胚胎創造新物種。故事曲折，令人折服。

八曰【殺手】：從衛星22號、29號失蹤，引出退休太空人陳強尋找殺手衛星的任務，又交織著他和叛逃女宇航員曾小莉的曖昧感情故事。衛星22號、29號是不是也是殺手衛星？陳強與曾小莉的感情又會如何發展？值得你探索。

作者慣以馳騁出奇的想像力，結合懸疑性高的層層鋪墊，在科學與想像之間隨意而妙的游走，在創意與合理之間撞出獨特的火花。邱氏風格文學創作，老辣溫暖而洗練的文心，征服了讀者，內心漣漪不已。

有人很會說故事，就應該有人很愛聽故事。喜歡聽故事、不會寫故事或者想學寫故事的人，都值得好好買一本回家細細咀嚼。我已經結結實實感受到這本科幻小說的溫暖，太陽雖暖，得要你親自去曬，別人卻幫你曬不來！各位大朋友、小朋友，盍興乎來！

——林明進（建國中學退休名師，中華奉元學會講師）

什麼，換頭？

如果有一天，醫學技術發達到可以更換人頭，你會換嗎？敢換嗎？是要換裝進普通肉體，還是要換成永遠不壞不爛的機器身體？

換了別人的身體後，身體還會聽從你的命令和指揮嗎？如果身體不聽指揮，頭和身體會不會意識錯亂呢？那時，你怎麼辦？

這篇故事，比〈科學怪人〉的換臉更進一步，換頭，讀後讓人跌入深深的沉思，它引發的倫理爭論暫且不談，光是不死或不老的觀點，到底好或不好呢，有沒有必要呢？恐怕就人言言殊吧。〈心事〉

基改失控會造成怎樣可怕的結果呢？

妖怪森林出現了？魔獸世界來臨了？西遊記裡地仙種的貌如嬰兒的人蔘果不再是神話？電影裡的〈變種人〉會成真嗎？

有一天，如果養在動物身上的幹細胞，可以長出人類需要的五臟或眼耳鼻，人類都變成狼心狗肺了，世界會變成什麼模樣啊？

這篇小說，以懸疑啟幕，用偵探小說的方式推演劇情，讓讀者一邊讀，一邊心驚膽跳。〈叔叔的耳朵〉

「世界上是有許多難以解釋的事，但難以解釋並不代表他不存在。」

這個故事沒有結局也沒有答案，我們需要思考的，也許正如佛法說的，有即是無，無即是有；眼見是真也非真，不見是真也非假。

科幻小說竟能引動佛理思考，非常有趣也非常難得。〈白尾巴的松鼠〉

生命從哪裡來？一直是科學和哲學爭論不休的議題，至今沒有答案。有說生命從無機變有機，從自然演變而來；也有說生命從外星球隨隕石降落地球而來，說法千萬，莫衷一是。

這個問題就如空間怎麼來的，宇宙怎麼形成的，至今無解，也許要等到人類從四維生命進展到十維生命，才能解答吧。

至於異星生命，或者外星人的傳說，則有趣多了。

這個故事，是眾多外星生命來到地球的一個揣測、證明和傳奇吧！〈火山異形〉

邱老師是說故事高手，著作已超過百本，早就高過等身，還得過金鼎獎和科幻徵文首獎等驗證，品質優越不在話下。他的小說結構嚴謹，行文則如行雲流水，故事娓娓道來，讓人一頭栽進便不想合上書本。

這本書的其餘四篇，〈剝皮樹上一層皮〉、〈劫鏢〉、〈河童的故事〉和〈殺手〉，哈，我就留待你自己去細細閱讀、探究、品味和享受，不再細說了，免得剝奪了你讀小說的樂趣和快感喔。

——山鷹（科幻文學名作家，詩人）

很會說故事，很能聯想奇異事蹟引入寫作精髓的邱傑，在《劫鏢》一書中，以他敏銳的觀察力、豐富而錯綜的想像力，再次展現一部十足傳奇的類懸疑小說，推進他不可言喻的誇說離奇故事的專長。

懸疑小說就是要推理、驚悚，創造奇蹟，使讀者情緒激動，歷經步步驚心，便能獲取青睞。

這一回，他果然以心思細膩的筆觸，穿越時空，為讀者帶來神回驚嘆的情節。

作者寫道：他悄悄經由助理人員以祕密管道將遺體轉送到一間密室，移置到一個充填高壓氮氧混合氣體的冷藏櫃，將遺體低溫保全住，而後才向院長提出換頭手術的建議，進而促成這一個會議。

接下來會發生什麼使人感到詫異的情事？

記者出身的邱傑，擅長梳理「暗潮洶湧」的人際、人性，他用流利語言，透過《劫鏢》曲折起伏的細節，娓娓訴說一宗甚是離奇的事件的真相，值得細細品味。

——陳銘磻（報導文學名家，柯林頓國中國小補習班作文老師）

CONTENTS

目次

心事

1

「絕對不能做！」

「絕對該做！」

在院務會議上，曹院長和李教授激烈辯論不休，與會全院重要幹部個個噤若寒蟬不敢插嘴。

這是國內最權威醫院，排名也高高列名在全球數一數二位置。

曹院長是學識淵博地位崇隆的醫界知名之士，而李教授則是全球排名前三的外科手術第一把刀，擅長器官移植，曾創下許多全球新紀錄。

現在雙方爭辯的是一個一直以來還被列為禁忌的話題：換頭。

院長堅持的是換頭完全和換心、換肝、換任何器官不同，屬於另一個層次的問題，牽涉到的是人類社會倫理、醫學倫理及種種精神層面的問題，絕不只是醫學技術層次，這件事非得經由更深層的討論與共識不可，絕對不容輕率付諸實行。但李教授則認為，如果醫療層面已經突破，換頭顱其實和換心換肝並無不同，只是一種得以延續人的健康、人的生命的行為。「醫學的本意不正是在保護人的健康，延長人的壽命嗎？」

雙方互不讓步，甚至吵到聲傳辦公室牆外，引得路過走道的人都嚇了一跳。最後的結果是沒有結果，不歡而散，會議也在混亂中結束。

2

就在這個臨時決定召開的緊急會議之前三個小時，N市往南125公里的國道上發生追撞車禍，七輛各型車輛撞成一團，最慘的是一位年輕女性，頭部當場被撞碎而死於非命。

救護車將她連同其他多位傷者一同送進了首都醫院急診室，這位已經被判定死亡的少女遺體則被直接送往太平間。由於她的家人強忍悲痛在第一時間決定化小愛為大愛簽署了器捐同意書，甚至連大體都要捐贈供醫學研究之用，李教授得以在太平間攔截到這位少女的遺體，負起全權處理之責。

他悄悄經由助理人員以一個祕密管道將遺體轉送到一間秘室，移置到一個充填高壓氮氧混合氣體的冷藏櫃，將遺體低溫保全住，而後才向院長提出換頭手術的建議，而促成這一個會議。李教授希望利用這具除了頭部完全毀壞而全身仍然十分健康完整的遺體來完成人類醫學史上第一件換頭手術，他對這項手術早已成竹在胸，自認十拿九穩，可是他就是沒辦法說服院長。他再怎麼技術高超，再怎麼權威有名，在醫院裡院長最大，院長的裁示任何人不能違抗。

但李教授另有說不出口的原因，非要執行這一件換頭手術不可。他的一位已經亡故的摯友的獨生女一個月前罹病而逝，這位女孩年輕美麗，聰慧活潑，卻敵不過病魔而年輕早夭，她的全身器官幾已毀損而難以修復，偏偏這位女孩於他而言有如親生之女，她想要延續她的生命是一種父愛般的使命，他絕不能容忍自己已有此一能力還不出手拯救。

現在，院長已經擺明了不准他在醫院執行這項手術，李教授卻愛女心切，不惜對抗體制。

會議結束不久，他即私下密召最忠心的一個醫療小組伙伴們，在當夜凌晨一點於C-17手術室集合待命。這群伙伴平時是他最可靠的醫療團隊，長年彼此合作無間，默契十足，也情同家人。李教授決定在他們協助下祕密進行這項手術，凌晨一點開始，預定在四小時內也就是清晨五點之前完成！

C-17手術室是避開眾人耳目的一間特種手術房，是備用為專供元首級人士使用的地方，元首健康無病時，這裡便是一個重門深鎖的閒置空間。

李教授對這間幾乎不曾使用過的手術室熟門熟路，因為當初便是由他親自設計並主導建置完成。偶而院方舉行特勤演習，演練醫療人員在萬一有緊急必要時對這間醫療病房的熟悉程度，李教授更有如複習一遍這間手術室的所有設備設施，萬沒想到如今派上用場，真是駕輕就熟之舉。只是內心思緒也不免萬般複雜如麻，他心愛的女孩失去了性命，現在將由他為之起死回生，每一刀，每一針，面對的都是心頭一塊肉啊！

手術整整持續三個小時又三分鐘，比原定計畫還提前約一小時完成，執行順利得如有神助，一切過程竟是百分之百的完美。

就像修補一件曠世藝術品，李教授和他的團隊弟子以巧奪天工出神入化的手法，完成了這件可能是人類歷史上首宗最尖端也最困難的換頭手術。天濛濛亮時，完成手術而被新換上一付身體的少女被移進C-17的專用加護病房持續監護觀察，她自己原有的身體則被換上車禍死亡者的大體，送往器捐室，並以被判定器官悉數皆已壞死不再適合移植而準備送往最終處置區。

天亮以後，參與人員各自回到自己的工作崗位，就像不曾發生過什麼事般平靜。當然，所有參與此項祕密任務的醫療團隊小組人員一夜未眠，今天大白天想必哈欠連連了。

3

十二年後，東部一個美麗的稻米盛產區，一棟簡樸卻十分雅緻的小農舍前，我找到了她，芳名徐麗珍。

尋找她實在不容易，因為地址已經改編，新舊地址雖經繞往鄉公所調查，查到後卻沒有幾人知道位置何在，問村幹事，村幹事說，那根本是一個空戶，破房子，沒住人。

我不死心，開著車東問西問，逢人便問，鄉下人民互動頻密而熱絡，就沒人認得有一位徐麗珍。

尋尋覓覓，在一個茗葉園裡問到了一位工作中的老婦人，她轉頭問旁邊另一位一起工作的阿桑：「徐麗珍是不是住山下那位阿珍？」阿桑說：「阿珍是不是姓徐我也不知道。少年仔你問的阿珍是不是長得很漂亮，長頭髮那個？」

這反而問倒了我，我實在不曉得徐麗珍長得如何，事到如今也只好一賭。難得如今之我還被喚做「少年仔」。

在她們指點下，我行過長長有如綠色隧道的林蔭道路，在一座土地公廟附近轉入一條狹窄農路，總算找到極其偏僻的離山坡不遠的一棟小白屋農舍，在一片綠意盎然大地中顯得優雅而醒目。賓果！

她好奇我之突然造訪，當我禮貌而坦然表明來意時，她露出非常驚訝的神情。

她試圖拒絕我的訪問，以完全聽不懂我在說什麼，我一定是找錯人了等等詞語來擺脫我的進一步訪談，最後我只好亮出我的祕密武器。

這是李教授一封親筆信。一個月前他在臨終之際親手交給我，除了信，還有一張照片。

我忘了說我是誰了，我是一位退休記者，和李教授因長年公誼私情而形塑出堅不可拔的友誼。我採訪李教授這位名醫前後達十五年以上，漸漸的他發覺我除了是一位工作認真表現傑出的記者，更是一位講信用並能信守承諾的朋友。醫界事實上是有許多祕密的，在贏得李教授對我的信賴之後，他和我簡直無話不談，我雖然源源得知許多「白色巨塔下的祕密」，但我審慎處理，除非他同意否則絕不將之曝露於媒體或分享給其他朋友。對於一位認真的大眾傳播工作者來說，找到重大題材而不傳播真是難啊，但我做到了。

李教授「出事」前名聲遠颺，後來他離開醫界歸隱南庄林野，我和他仍維持情誼，偶而我去看他，他還請我吃鱒魚大餐。只惜他暮年罹患重症，自知病情已非藥石所能挽救因而拒絕任何無助於事的醫療，八十二歲高齡平靜離去。

三十天前，在他生命之最終時刻，他首次向我透露了這段原本想帶進棺材的祕密，我還象徵性朝他胸膛揮出一拳，罵他對我這麼好的朋友都保守祕密至此。當然我的拳絕未碰觸到他的肌膚一吋，我深知此際他是弱不禁風的，輕輕一個擁抱都足以令他疼痛萬分。

摒退身旁的照護人員，當安寧病房中只剩我和他兩個時，他靜靜取出一張照片，和一封親筆信。

照片裡是大約六十歲的他，帥氣十足而充滿了成熟男人的魅力。他和一位非常美麗的女郎合照，除了他和她，他手中還抱著一位可愛的小女嬰。

這樣的照片，不用說明便立刻解開了我心中多年來的好奇，憑我一個記者的敏銳直覺，我早已感覺到這位地位崇隆的名人背後是有一段情感上的私密的，我也曾好奇他寧可瞞著院長，和整個醫院，以及忤逆醫學倫理之大不諱做了可能是舉世首樁換頭手術，必有醫學研究及臨床實作背後更重大的原由，看來真被證實了。

那樁劃世紀的手術之後僅僅十幾天便被發覺，不知是那一個環結曝露了換頭手術的事，曹院長震怒之下訴諸衛生署及司法單位、監察單位，以三管齊下的雷霆手法懲處此一重大違紀違法事件，李教授司法獲判無罪，卻被衛生署撤銷醫師執照終生禁止行醫，監察單位也通過彈劾案將他彈劾，移送公懲會決議撤職。但所有的懲處，李教授似乎都泰然處之而無一句抗辯或抱怨，輿論一時為之大嘩，他則選擇了沉默，並一肩扛起所有責任，靜靜離開了醫界。

換頭的人還活著嗎？現在在那裡？媒體日夜糾纏探詢，李教授不勝其擾，最後遠遁他鄉，無人知其去處。我敢打賭，除我之外，知道他遷往何處者絕對不超過五個人。

李教授施行手術以求拯救的對象正是他的親生女兒。他為了保護那段不為人知的不倫之戀對象，以及這位從出世便一直隱於社會的女兒，默默接受了一切懲罰與責難。

對於手術之事，以及手術之後的成敗，即使交情深厚他也從不跟我說，但我輾轉查出這項手術算得上是成功的，只是一直無法查出這位換頭人的下落。一直到他生命之最終才給了我一個姓名，一個地址，託我轉送信與照片到這位名叫徐麗珍的女子的手上。

此時，徐麗珍靜靜坐在我面前，如果不知背景，簡直一如常人。她真是一位美麗的女子啊！雖然不施脂粉，穿著也十分簡樸，卻散發出一股難掩的靈秀氣質。

她接過了信，沒有當著我的面前立刻打開，只是輕輕先向我道了謝。方才她正在屋前陽光下曝曬蘿蔔乾，因我的到訪而中止工作，她的臉龐因日曬而微微泛紅，鼻上有著細細的汗珠，臉蛋像李教授卻比他好看太多，李教授算是英俊的男子，氣宇軒昂，而她則顯得溫柔婉約，而且亮麗之至，至少有一半基因來自照片中那位美女／她的母親吧。我肯定她必定是這個淳樸農村最美的女子，只是看來遠比我想像中年輕太多。

她邀我進到農舍，小小的客廳陳設簡單雅緻，我們在茶几兩側的靠背椅坐定，她忽又起身，轉身去為我沖咖啡，如此優雅而且不急不徐，透露出她的教養或自修。她從小未獲完整父愛，也在多年前失去了母愛，孑然一身獨自在農鄉生活，而能將自己打造得如此嫻雅不俗，令我暗暗佩服不已。

在我們喝咖啡的同時，她開始審視那張照片，閱讀那封信，我看到了淚水被強忍在她的眼眶內的閃爍光影。

我無意於她的隱私，我在她的情緒逐漸安定之後開始切入有關手術的主題，那才是我此行除了履行故友之託送信之外，另一個重要的目的。

4

她說，她曾被告知此身曾因接受重大手術而得以重生。原來的她已經病死了。身體被病魔摧殘得無以修復，即使死亡，也無一器官可以捐贈給別人，這是死前的她最感遺憾之事，因為她從小體弱，自國中一年級生日那一天便簽署了器官捐贈同意書，並且隨身攜帶器捐卡，她非常明白如果有一天因任何原因死亡時，能夠即時捐出肉身上還有用之「零件」或「配件」給需要的人，是多麼有意義的事。只歎臨終之前肉身竟已毀壞到無一可用的地步。

在死亡之前，她虛弱卻堅定的表示，即使捐不了器官，也要捐大體以供醫學研究之用，這也是造福後人的最後一個方式。但在她病逝於首都醫院時，卻被李教授私下攔截下來了。李教授瞞過了眾人，決心以他一生所學，賠上違法犯紀之名也要救回她一條命，這便是她所知道的手術前的故事。

那天，醫院收進了那位車禍中香銷玉殞的少女遺體，除了頭部重創，全身完全完整而健康，血型配對吻合，李教授連夜秘召核心小組，親自主刀施以仁心神術，主導團隊完成手術，復元之後即將她祕密安排到東部這座遺世獨立的農村，讓她展開全新的生活。幸運的是術後生理復癒異常完美，沒有異於常人，就此半隱居當起了一位農家女。在她生活逐漸適應後，被安排留在她身旁陪侍照應的一位退休護理長也功成身退告辭而離開，至此切斷了她和原有家庭、人間社會的一切聯繫。

「妳說妳術後生理復癒異常完美，沒有異於常人，這是我首先要向妳恭喜的事！」我緊接著問下去：「生理復癒異常完美，沒有異於常人，那麼，在心理精神層面上呢？」

她默然片刻，接下來娓娓說出了令我震驚的話：

我慶幸我因為這項手術得獲重生，但我有很長一段時間是寧可沒有這項手術。就讓亡者死亡吧，因為人不是神，不該挑戰神。

我現在的身體事實上是兩個人的組合，這是你所知道的，但你所不知道的是，當兩個人被組合成一個人時，精神上將會受到如何的衝擊？

或許一般人將推測，我擁有一顆原來的完整的頭部，頭乃集思考中樞及感覺中樞的人體最重要的部位，因而我這一顆頭顱必然是這個新的組合人的主人，我的頭部以下的軀幹、四肢只是我這個主人被換新的附屬品，為這個主人服務。然而事實並非如此，事實上我的頭部以外的一整個身體，也是另一個我，同樣有思考，有感知能力。

沒有人知道重生以後，我每天都生活在兩個人的心智和一個人的軀體之掙扎中。即使賦予我重生的父親，想必他也不知此一層面之事。

我的大腦想著什麼事，我的眼眸見到什麼，我的耳朵聽見什麼，我的嘴巴吃進了什麼，我決定做什麼事，說什麼話的同時，另外有一個意識卻呈現了另一個思考和感知映像及決定，這是多麼離奇也多麼震撼，卻成了我存活下來每一刻所面對的事實。給你一個簡單的解釋，我常在同一個時刻決定向左走或向右走，決定吃或不吃，決定說完全相反的話，做許多完全不同的事。

大家都認為人體由頭部主宰一切其實是錯了，頭部只是一直以來被公開呈現並獲得公認的主宰，並因頭部擁有最重要的感覺器官，集視覺、聽覺、嗅覺、味覺、思想於一，以頭部主宰一個人乃合情合理，發號司令因而也具有權威性。尤其每一個人本為一具肉身，頭部的發號司令透過全身去執行乃能協調而又統一。

殊不知肉身也具有感知，具有行動抉擇能力，只因習於配合，習於接受全身的協調機制而不為人知。肉身的覺知感知沒有嘴巴可以說出，並不代表不存

在。如同植物，雖然不會使用我們習知之語言或表述方式，卻並不代表它沒有感知

說到植物，我因長時間植栽的經驗，加上也喜愛與植物相處為友，我覺得人之肉身其實更像植物；植物幾乎擁有和動物相同的一切覺知，說得具體一點，植物就只是一個個不會說話而又行動遲緩之動物而已。我學會諸多農事，卻一直不敢為植物做嫁接，我以自己的親身體驗來推臆植物，我怕它們受不了嫁接之後形成的錯亂。

我再說得詳細一點，長久以來，人之肉身直接受命於腦部指引而行動，頭與身體的四肢百骸早已協調得綿密無間，絕不可能互相衝突。

而我卻是兩個人，兩副感知系統，這便形成了嚴重的歧異和矛盾。

我曾極度之驚惶無措，更曾深深陷入精神與肉身無法平衡共事的痛苦掙扎，但我完全無法向任何人求助，也無從尋取醫療院所之協助，我除了擁有不

便輕啟之祕密，也沒有人能理解我，因此我雖然得以重生，卻成了這個世界上唯一的最特別的人，也成了這個世界上最孤獨無助的人。

幸好那一切都已成為過去，也感恩張嫂日夜相陪相助，我走過來了。張嫂就是先父指派隨我前來此地，日夜相陪的那位大嫂，她已在我穩定之後返回社會。

我是如何走過來的呢？在最絕望的時刻，我想到我的母親那堅貞無比的愛一路走來是多麼孤獨，我也想到我的父親，我曾長時期對他充滿了恨意，認為他遺棄了我們母子，當他以大無畏的勇氣為我執行手術，我始知他無時無刻不在關心著我，直到我的生命已告終止，他的愛依然不曾止息。沒有他那種至深至堅的愛，我早已不再存活於這個世界。我就是靠著對父母親的感恩而獲得解脫，如山之高如海之深的感恩之心療癒了我，讓我走出了絕望的幽谷。

如今我已適應了兩個人集合於一體的肉體與精神狀態，而且神奇的是如今之我，幾乎已不再是兩個人，我驚喜的發現我幾乎已經成為一個完整的人了。

由於我的命運，教我比別人幸運得以知曉人體的更多奧秘，例如心這一件事。心的事叫做心事，現在我和你這位遠道前來關心我的叔叔談談心事吧。

我們常常說到心這個字，用心，知心，愛心，心情，心思，心理……，但似乎大家都只是習慣如此說說，大家似乎也都理解一切都是腦在主導，男人叫女人一聲心愛的，自己也認為是大腦在發出愛的意念，而不是心，心只是一個臟器，一個負責血液循環的重要器官，心跳停止時血液不再循環，人也就停止了生命。此外，心不會思考，心也不會產生意念。

但當我的頭和我的身體是由兩個人組合起來時，我才發現了心除了負責血循環，還有更重要的功能。我們說的用心知心，愛心真心等等和心有關的詞彙，我相信十之八九便是由心在主導。心的奇妙奧秘，想必人們所知無多。

我的頭部裡面的大腦主導著我的言行舉止，但我的軀體中蹦蹦跳動的心，也負責與之不相上下的感知與反射，甚至記憶、愛恨。精神層面中有太多都是由心主導，我實在太佩服發明那些詞彙的人善用「心」這一個字，那些詞彙絕不是胡亂編出來的。只惜人間沒有人知道我的身世，我的內心世界可說無人知曉。

今天你來看我，是我生命中第一次和人談起心之事，這種體驗及認識想必對醫界學界之認知有所啟發，有所助益，而這也是學識淵博的家父為我進行這項手術時所不知，可惜如今他老人家也無緣得知了。家父對你如此信賴，我深信你必是一位行為謹慎而知節制進退之人，關於我，以及關於心之事，我無一保留，是否發表公諸於世，你當有智慧判斷，任何決定我都同意，也許這也是我此生唯一能回報社會的了。

娓娓而談，神情如此平靜，彷彿談的是一部小說裡的情節，卻道盡她這個重新的生命再一次重生的驚人歷程。

我突然想到，若非她心境上如此轉折，若非她沒有燃起這股感恩心的覺知，她還能夠再一次獲得救贖與重生嗎？

5

在道別的時刻，她送我到路口我的停車處，路口痴痴站著一位年輕人，太陽已經很熱了，不知他在這兒站了多久。麗珍向我淺淺一笑，介紹說那是她的男朋友，她們決定不久之後就要結婚了。

我打量一下這位胸膛結實長相帥氣而充滿陽光的大男生，好奇的問，怎不進來小屋呀？還站在外頭曬太陽？他客氣的說，因為看到有輛車停在路口，知道麗珍有訪客，覺得不便打擾而在外頭稍待。

開心看著這一對小情侶攜手行往小屋的畫面，我覺得這個甜美的畫面還真是來得適時，成了我這一趟行程最完美的結束。

叔叔的耳朵

我的叔叔病了。

有人說他瘋了，被送到療養院去，有人說他被送到遠地調養；有人卻說他被送進了監獄，這就太扯了，我親愛的叔叔怎麼會犯罪而送進牢房呢？他是連一隻螞蟻都不忍心踩死的人。

但是叔叔卻真成了下落不明之人，至少我和爸媽完全不知他的下落。

叔叔是一位和善的人，卻也是一位神祕的人。以前我認為他只是低調，自從他失蹤之後，我細細回想，那不是低調，而是神祕。

他是一位從小一直考第一名的天才，學問淵博無比，我從不曾問倒他。可惜我從來不曾想到要問他的職業、工作之類的問題，現在就是想問也無從問起了。

我只知道他在國外工作一個長長的時間，後來聽說被禮聘回國，進入一家幾乎和他一樣神祕的公司又是好多年，後來就瘋了，或者說是病了。

在那個公司服務那麼多年，我不止一次想要他帶我到公司走走，至少到他的辦公室看一下也好，卻從未獲准。我的叔叔非常疼愛我，可以說對於我的任何請求都是有求必應，所以婉拒我去他的工作場所其實也透露著一種不尋常。

叔叔和我們失去聯絡後，我好幾次聽到爸爸在和像是叔叔的工作單位的人在電話中談話，卻都是壓低了聲音刻意不讓我聽，我靠近還被驅走，這也不是爸爸對我的方式。一切一切，都透出一股詭異的氣氛。

1

那天，難得爸爸主動召喚我同行。他要和媽媽一塊兒去探視嬸嬸，我十分意外竟然決定讓我一同去。

嬸嬸是一位外表纖柔卻內在勇敢的女性，她和叔叔雖是聚少離多，卻是恩愛異常。叔叔出了事，她的痛苦可想而知。

到了她們家，門口停了一輛車，有訪客來了。

我們正在舉棋不定不知該不該進去，突然聽見嬸嬸一聲怒吼，把我們大大嚇了一跳，這是嬸嬸從不曾有過的失控。

「你們滾！現在就給我滾出去！」

我和爸媽都嚇得立刻停步，嬸嬸正在發大脾氣耶。

聽見了客人輕聲回應，像是向嬸嬸提出什麼請求，也同時試圖安撫。

嬸嬸又一次大聲起來：「你們謀殺了我先生！你們這群喪心病狂的惡魔，不要再說什麼了，立刻出去！」

然後，不一會兒我們看到了三位穿著非常正式的男人，垂頭喪氣走出來，上車，把車開走了。

我們進門，看到嬸嬸抱著臉，嚶嚶哭泣。

許久之後嬸嬸才停住哭，平復情緒，招呼我們。

我十分感謝爸爸，他終於同意讓我也能和他們坐在一起，共同面對叔叔的事。

叔叔在某一個單位服務多年，好好一個人，突然失控而神祕病倒，任憑服務單位如何解釋都無濟於事，甚至於他們還透露叔叔「身體出了狀況」之後堅不將之送醫，而是從外界召來名醫進入公司某個療養單位去醫療，同時切斷他與外界任何聯絡，這真是讓人無法接受啊。

嬸嬸堅持要深入一探，進入那個單位看個究竟，查個明白。而對方始終拒絕，只是把撫慰賠償金一次又一次的提高，這便是剛剛嬸嬸憤怒的原因。嬸嬸要的是真相，爭的不是賠償。

我們和嬸嬸談了大約一小時之後，電話響起，對方終於軟化，同意讓嬸嬸進入服務單位了，時間敲定明天早上八點鐘。嬸嬸同時提出條件，希望讓我的爸爸一塊兒隨行。我聽到這裡，立刻插話，用手勢要求讓我也一同進去，最後看來這個請求也獲得同意了。

那個晚上，爸爸讓我知道了一些叔叔工作的情形。原來他並非一無所知，至少知道的比我多太多，就只這一些也足夠駭人了。

這是一個什麼樣的單位呢？

外表上，他就只是一家現在很夯的生技公司，公司的名字叫做善美世界。事實上或許也真的是生技公司，因為所謂生技公司，研發種類和營運內容可還真是包羅萬象。

外界所知的這個善美世界公司研發的是基改作物，也就是各種植物透過基因轉植而被提升其產值產量的科技研究及運用。這不是什麼祕密，這是現代社會常見的科技運用之一，透過基因轉植方法，讓一棵大豆可以提高十百倍的產量，讓一株木瓜可以長出番茄，讓番茄可以結出小黃瓜……。也就是說，你現在吃到的番茄，有可能是從一棵南瓜上源源生長出來的，你吃的南瓜，說不是是從西瓜藤上結出來的。

為什麼要這樣做呀？因為有的地方南瓜好種西瓜不好種，於是在那裡讓南瓜結西瓜；有的番茄品種每株只能長二十顆，現在讓他長兩百顆甚至兩千顆、兩萬顆。

「這是造福人類，讓人類免受飢餓之苦的科技！」研究這一行的科學家總是這麼說；甚至於還進一步沾沾自喜：「由於我們生產出更多也更好品質的飼料，可以餵飽更多牲畜，讓更多人有高品質的肉食享用。」

基改作物因而日益風行，迅速遍及全球。

但如果是用來餵飽人們的肚皮、提供牲畜的飼料以滿足人們的口腹之欲也還罷了，接下來居然失控，不只為了救世，幾乎已進一步變成滿足許多企業老闆的貪婪心，而走向了無法控制也無法扼止的全面失控狀態。

爸爸憂心不已的告訴我，他懷疑善美世界便是一家在研發軌道上已經失控的企業。而他了解他的弟弟是一位善良人，是無法接受這樣的研究環境和發展的，身心飽受煎熬乃是必然之事，只是讓家人不解的是，何以他遲遲不離職？

「什麼是基改失控現象呢？」我心中猜測著，也勾勒著一幅幅奇幻畫面，卻想從爸爸這兒得到更具體一點的答案。

「我舉個例子吧：人們已有能力在豬身上培育出人的眼睛、耳朵、鼻子、各部位的骨骼，各種人體之器官，以供人類移植之需，這不是祕密。可是如果更進一步從豬身上發展出人腦、人頭，甚至人類胚胎並加以育成，那會造成什麼樣的人種呢？」爸爸語氣平靜的說：「我最近聽到的傳言是，善美世界公司甚至發展到以晶片控制生命體的生長，這就太離譜了。」

「什麼是晶片控制生命體的生長？」我雖然不太懂這是什麼，卻大致上也猜出了一個方向，心中暗暗驚呼：不會吧？

「透過晶片植入生命個體，利用定時釋放的訊息和藥物來操控生命體的生長密碼，改變其生長、發育方向；如果植入的是像某些智慧較高的動物的有思想的生命體，這形同將打造出一個可以誘引其驚人發展，甚至達到無法預測其思想極限、也無法預測其體能發展極限的新生命。」

「啊……」我真是驚訝萬分：「這是叔叔告訴你的嗎？」

「你叔叔即使面對我這個親哥哥，也還不肯透露半句，這是我極度不解的地方。」爸爸歎了一口氣說：「我懷疑他受了相當程度的控制，可能不止是和公司簽了工作合約而必須保密而已，說不定被更恐怖手段的掌控了。」

「叔叔會被植入監控晶片嗎？」

「這一點我完全一無所知。」爸爸口氣萬分無奈：「我只是從善美世界的很基層友人中偷偷打聽來一點點資料，或許明天我們多少可以看到一些內幕。」

原來嬸嬸不惜以舉行國際記者會訴諸國際媒體來發飆，終於使對方態度軟化，同意了明日採訪善美公司的機會。爸爸身為當事人之胞兄，而且看來是那麼木納老實，簡直就是一個沒什麼現代科技知識的鄉下大叔，居然矇過了對方而讓對方同意陪行，至於我，只是一個十二歲的小孩，只算是一個微不足道的小小跟班，更完全鬆懈了對方的提防，他們唯一想要防的只是具有ＡＩ研究領域專長背景的嬸嬸。

我不能不佩服爸爸長年以來的低調處世原則，事實上他兼職於國家級的某一個科研機構，位居要津，卻堅持不曝光、不掛名，甚至不上班，凡事皆在電腦網路和手機中聯絡處理，在常人眼中他只是一位彷若閒閒沒事做而且又平凡無比的歐吉桑，事實上竟是一個尖端科研專家。爸爸的低調和保密功夫做到即使是自己的兒子也不知他成天關在家中書房，幹的是什麼東東，更不知他是那種領域的尖端人才？

受到他的影響和潛移默化，我學會了那種不炫耀自己，也不突顯自己的作風，我在學校中有些特別喜愛的科目被認為已達天才型等級，但我絕不張揚，考試時甚至還故意錯個幾題。我平常的穿著總是力求樸樸素素，讓自己簡樸得老是被同學嘲笑為「老土」也不在意，我在意而且有興趣的永遠只是從那個管道可以得到更新、更精彩的科學新知。

或許因為我們父子倆是這樣的不起眼，爸爸被善美世界同意陪伴嬸嬸進入公司，我也獲准同意當個小跟班。

2

我們依約準時抵達善美世界，進了門第一件事是先探視叔叔，而唯一被允准的也只有這件事。

我們在大門口一同上了一輛廂型車。這車所有玻璃都是全黑，無法看到外面。啟動之後我才發現它是一輛自駕車，不用人類駕駛，當然駕駛者不必也不能透過車窗玻璃去看馬路的狀況了。

所以公司長什麼樣，坐在這車上完全看不到。

我推測大致上行進的車速，和耗用的時間，換算一下估計或許走了三公里之遠才到了目的地，這公司可還真大！

車停好，車門自動打開之後我發覺我們已置身在一個被四週高牆包圍下的小小庭園，園中有草坪和幾棵樹，中央建有一棟平房。回頭看剛剛進來的大門，現在已經關上，有兩名警衛持著槍防衛著鐵門。嘿！真沒想到戒備如此森嚴，居然還有槍。

我們在引導下進入那棟房子，有像是醫護人員的一男二女，及穿著和守門警衛一樣制服的另兩名男子在房裡，見了我們，急忙起身。

引領我們的一個中年男子對他們一語不發，繼續引導我們進入其中一個房間。

那是一間病房。

許久不見的叔叔瘦得幾乎讓人無法相認，躺在病房，罩著一個大大的防護面罩。頭部以下都覆蓋在一條薄被裡頭。床頭一個點滴架，有點滴液正在滴著藥液，看來是長時間的點滴治療。

嬸嬸走向叔叔，在他耳邊輕聲呼喚，叔叔緊閉著眼沒有任何反應。爸爸也靠過去叫著叔叔的名字，一樣也沒有回應。

震驚的是叔叔的左耳部貼著紗布，從紗布薄薄的覆蓋輪廓看來，好像左耳根本已經不在了。

我們想掀開面罩看個更仔細些，發現面罩上了鎖，而且引導者提出警告：面罩是病人非常重要的維生系統，隨意開啟有危及病人生命之虞。這句話制止了我們進一步的探索。

大約停了幾分鐘，引導者把我們帶到另一個像是接待室的房間。

「陳正遵先生的病況目前大致是穩定的，請二位放心。」他語氣平和的說。

「請問正遵是怎麼了？」嬸嬸問。

「我們還是沒能查出患了什麼病，以及為何突然發病。」

「他的左耳怎麼了？」

「左耳？很好，很完整呀！他的耳朵完全沒有任何問題的。」

「為何不將他送醫？」

「我們幾乎天天都有請醫師來為他診斷，我們這裡的醫療設備絕不會輸給國內任何一家醫學中心。」

「我要求接他出去，讓我們為他尋找更好的醫療院所。」嬸嬸說：「這是我堅持要的。」

「很抱歉唯有這一點我們無法答應。」

「你沒有任何拒絕的理由！我是他的妻子，他是我的先生！」

那人打開一份文件夾，秀出一張文件。湊近一看，是一張服務合約，上頭有叔叔的親筆簽名：「本人在職期間如遇任何意外事故，完全無條件接受公司任何救治安排，絕無異議。」

竟然會有這樣一份奇怪的合約啊！我看爸爸當場傻了眼，我更氣得握緊了拳頭，恨不得給這個人重重一拳。

場面僵持著。

就在此時，外頭大大的鐵門突然打開，又進來一輛車，下來了兩個人。

我突然被好奇心沖昏了頭，我想看一下這公司究竟長什麼樣，我一定要把握住這個機會衝出去看他一眼。如果此刻還不衝出去，待會他們用同樣的車送我們走，那就完全白來一趟了。

我沒有時間去想那持槍的人會不會開槍射殺我，有爸爸在場我也有了莫名之勇，不再多想，一轉身，拔腿像一隻兔子般直接朝大門衝去。所有的人肯定都當場呆掉了，竟然完全沒人攔阻我。

我順利衝出大門時，才聽到後面七嘴八舌狂吼：攔住他！攔住他！但他們是絕對來不及了，我下星期才要參加全國小學田徑百米和四百米大賽，體力正被調到最巔峰狀態，這些看來腦滿腸肥而又穿戴僵直拘謹的人，那是我的對手？

一口氣直衝了至少兩百米，有一排大大房子，房子和房子之間有窄窄的間隔，正好提供了我閃躲的機會，我衝進窄巷，遇彎就拐，逢縫便鑽，先前還聽得到追趕我的腳步聲和吆喝聲，漸漸的聲音漸稀漸遠，我擺脫他們了。他們肯定後悔小看了我而讓我當小跟班進來吧。

我開始觀察環境，一棟棟的建築物，有些四面皆牆密不透風沒有任何一扇窗，有些則是玻璃牆或通風牆，甚至還有些只在牆上挖了窗的位置，沒有鑲上窗戶。因此我有機會看到房子裡頭是些什麼東西。

我看到長得直到天花板的奇怪植物，整株長滿奇怪的果物。我看到整個房子都是蔓藤，每根蔓藤都垂掛著更奇怪的果物。記得西遊記裡有一段說是一棵樹上掛滿了像是嬰兒的仙果，西遊記的場景，就在我眼前出現了。

這裡是植物區吧，所有看得到的植物，一棵比一棵怪異，無論是花或果，長相一個比一個驚人，有些果物似乎還會緩緩活動，我懷疑進了妖怪森林。

闖過一條比較寬的公路時，我看到一輛車恰好經過，瞄一眼，沒有駕駛座，也沒有看到有人操控，仍然是無人的自駕車，廠區裡頭看來都是無人車，無論載人或是載貨都不需要司機。

過了馬路，進到另一區，有奇怪聲響傳來，低沉如吼，令人心悸。

大部分的建築物都只是高牆而沒有開窗，有一兩棟例外。從窗玻璃朝內看，看到了比剛才更驚人的畫面。

看來這裡果真就是動物區了，因為乍看似乎裡頭豢養的都是動物。形狀奇詭無比的動物，有的如放大了的蠕蟲，有的像變形蟲，但再看，發現更像是動物和植物的混合體，因為牠們沒有腳，像植物一樣的固著於某個位置，只有像是觸手的肢體在舞動。如果剛才是妖怪森林，這裡就是魔獸世界了。

有一座建築物的窗子建得老高，我試圖攀爬窺看，多次努力卻還是上不去，正在鼓足力氣縱身一躍時被人從下方攔腰一抱，兩個大個子像鬼一樣悄然無聲出現在我身邊，一下子就牢牢抓住了我。

更多人聚攏過來，像押著一隻小雞緊緊抓牢了我的雙臂。

後面，爸爸和嬸嬸狂奔而來，爸爸遠遠便朝他們大吼：「放開這孩子！」他們把我交到爸爸的手上，我才發現，幾把槍對著我，也對著爸爸和嬸嬸。

方才在病房裡接待我們的高大個子男人走來，一臉笑意，真不知道他笑些什麼？有什麼好笑的。

他說：「誤會，這一切都是誤會，抱歉讓你們受驚了。請上車吧！」那輛黑窗無人車駛近，我們被示意上車，那個人也跟著上了車。車門關閉之後，外界一切又完全看不到了。

嬸嬸和爸爸不發一語，那人語氣和緩，低沉沉的聲音令人不寒而慄。他說：「今天你們違背了讓你們進來的承諾，尤其這個小孩的脫序演出，讓本人非常不滿。我現在嚴肅相告，不論你們今天看見了什麼，在離開這裡之後最好給我早早忘掉，莫以想要靠什麼國際記者會來嚇住我們，只怕記者會還沒召開之前你們就一一消失在這個地球上了！」

在來到我們上車處，放我們下車前，他繼續補上一句話：「請別以為我是在開玩笑，我們公司沒有開玩笑這件事，每一件事每一句話都是當真的。」

3

我把私闖園區所見一一告訴爸爸和嬸嬸，出乎意外的是聽完那些幾乎要嚇得我靈魂出竅的怪植物怪動物的事，兩人並未出現吃驚的表情，只是一邊聽一邊神情嚴肅的點點頭。

沉默好久，兩人開始討論。從他們的態度看來，似乎也容許我加入討論而不再視我為小孩。這使我非常感激，除了滿足我的好奇心和被撿起來的勇氣與責任感，更因為我和叔叔的感情是那麼深厚，在他受難時我得以投入而獻上我的一份力量。我覺得搶救叔叔肯定會是我們接下來要討論的話題重心。

事情總得分出輕重緩急，果不其然，我們把面對的事逐一解析，決定了大致的方向：

第一件優先要做的是把叔叔救出來，救出那個恐怖世界，讓他可以好好接受醫療。

接下來才來面對這個善美世界的詭異荒誕，他們在公司內私擁槍械武器，在公司內部私設形同囚禁室的醫療秘室；從我們被黑玻璃車送到的最深處研判，他們的公司廠區必然設有不為人知的密中之密，研發工作也必然已經躲過了政府部門的監管。至於研發內容，爸爸和嬸嬸從我的匆匆窺探中已經發現了問題的嚴重性，無論從那個方向來看他們早已逸出生技科研容許的領域範疇太多。

爸爸最擔心的晶片生技技術與運用，因為目前完全沒有進一步發現，暫時是無法進行更多一點的研判，因而列為最後才去面對的問題。

優先順序既然擬定了方向，接下來便是細節的鋪排。

首先，要不要報警，尋求警方的協助？

三人齊投反對票，理由不一，共識卻十分確定，因此決定暫不報警。但爸爸倒是說了一句但書：基本上也不必非排除報警行動不可，在遇到有必要的時候還是要尋求警方公權力來協助，畢竟我們只是手無寸鐵的小老百姓，難以獨力對付善美世界這樣的大怪獸。

那麼，第一步的搶救行動中要不要請求合適的他人幫忙？

我絕不可能請同學助陣，那沒有意義反而有可能壞了大事，學校老師看來也沒有非常強壯而又反應機敏的，我提不出人選。倒是爸爸和嬸嬸同時提到了一個共同的朋友：王敏。

王敏？聽來像是一個女性的名字，我沒有印象也沒有意見，只是心中覺得好奇，但兩個大人卻為共同的想法相視而笑了。這真難得，好長一段日子以來我不曾見到嬸嬸臉上有一絲笑容。

王敏一介入，討論變得有效率而且方向感十足。

原來王敏還真是一位女士，個子嬌小，身材勻稱，看來十分年輕，卻無法推測年紀。我對女人的年齡從來不曾有過正確判斷，常常錯得十萬八千里而成為笑柄。

但她幾歲根本也不是重點啊，我好奇的是她的真本事是什麼？何以老爸和嬸嬸同時想到要拉她出馬來協助我們？

搶救叔叔的唯一方法當然就是必須進到善美世界，但這個邪惡公司門禁如此森嚴，可不是隨便就矇得進去的。討論再三，王敏提出了構想：找到可靠的合作者，利用運送物資時躲在車上混進去。

再大的公司也必需要用到外界的物資，例如食物、日常用品、衣物、必要的機械設備……，以及像善美世界這種生物基改基地肯定需求性非常大量的化學物資。王敏開啟她的平板，快速的搜索，好一陣子之後找到了一位也姓王的先生，化學工廠的業務經理。善美世界向他們的工廠採購一種毒性化工原料，需求量非常大，大約每個星期都要運進去五到六卡車之多。善美世界向外採購多數都是員工自行開車，唯獨王先生這項化學品卻是直接由供銷公司送達。

王敏認為，由供應商直送最主要的原因應是政府規定某些物料具有危險性，不但必須由專業的車輛運輸，車輛所有通行路線都有衛星定位追蹤及記錄，連運送者也必須擁有特許證照。想必善美世界無法符合這種管理規定，怕自行運送時在運送途中被盤查，因此才由物料商負責運送，這倒是非常難得的一個機會。

我不知王經理和王敏何以交情如此之深厚，對於王敏提出的要求竟然爽快同意，完全配合。

王敏要求在貨車上夾帶三個人。聽到這樣的數目字，我曉得我被排除了。

我是多麼希望也能混進去啊，我的快跑速度是如此之神速，我的身手也十分矯健靈活，帶我進去一定會有用的。但我知道三人想必已是極限，無法再多了，再多夾帶一個恐怕壞了大事，只好強忍著不讓失望兩字寫上臉。

沒想到意外的是，三個人中竟然包括了我！嬸嬸、王敏和我，爸爸被排除在外了。

爸爸被安排了另外的後援任務而不隨行進廠，因為我乍聞喜訊而喜不自勝，老爸被安排了什麼樣的任務我一句也沒聽到，我興奮不已的從內心油然升出一股傲然之氣，他們肯定我的能力！

進去只有三人，而我將是三人中唯一的男人，我立刻將自己的位階從男孩子提升到男人了。

任務安排如下：

老爸不隨車進廠，單獨去執行被分派到的任務。

我和王敏、嬸嬸三人隨車進了善美世界之後，在卸貨時儘可能繼續躲藏不要被發現，車子要儘可能靠近叔叔被囚禁的位置。（這一點我又驕傲起來，那天我們雖然坐在看不到外面環境的車，我在車上卻悄悄啟動了手錶上的

GPS，留下了我們在善美公司的行車紀錄，這個行車動線軌跡紀錄現在成了最有用的參考圖）王經理因為多次押車送貨進善美世界，比對一下我的GPS紀錄，一下子就確認了叔叔所在地，那是園區最內部的一棟由高牆包圍的神祕獨棟建築，王經理印象很深，幸運的是那個位置離卸貨處約只一百公尺之距。一批批毒性化工原料，每次都卸在同一個位置，是一個每個工作人員都穿著防護衣、戴著防護帽的獨立廠區。

卸完貨，在離開卸貨區之後，王經理必須借口內急，在中途稍停一下車，找個大樹尿尿（這也太為難了吧？）從進廠大門口，善美世界便會依例派一個人上車陪同押車，因此王經理即使內急也必須向那個押車的人請假片刻。

就在這片刻，車上匿藏的嬸嬸和王敏迅速跳下車，藏進樹叢。這一帶樹木特多，有大塊土地因為沒有勤於修剪整理而雜草叢生，正是躲匿最佳位置。

然後化整為零衝進叔叔被囚禁的房子去把人搶救上車。

我被分配了什麼任務呢？我的天，我的年紀最小，任務可最吃重無比！我必須在停車之後跳下車，努力引起押車者的注意，引誘他來追捕我，並且讓他追到至少三百公尺之遠。在他召喚同事前來支援之前我絕不能被抓到，把他引得越遠越好。這樣，嬸嬸和王敏才可以有比較充裕的時間去救人。一救到了人，立刻上王經理的車朝大門撤走。

「你們可不能把我丟著不管喔！」我提醒。

「這一點你放心，我們會給你特別的武器用以掙脫並即時上車。」王敏說。

「萬一叔叔那棟房子的大門是關著的，該怎麼辦？」

「王經理倒車、加速去衝倒它！」王敏說：「絕不能用車頭去撞，因為卡車是我們離開的交通工具，可不能撞壞。」

「王經理的車可捨得去撞？」我問。

「他陪我們幹這一趟任務，不但工作可能丟了，還可能連小命都丟了，怎在乎這輛車？」王敏說：「他這人是可以為朋友兩勒插刀的男子漢！」

我喔一聲，心中想的是：我剛剛才把自己升格為男人，如果我完成這一趟拯救叔叔大任務，我或許也能變成王敏口中說的男子漢吧。男子漢，比男人遠遠高過一大級。

我還在思考著救人行動中，那個邪惡的善美世界警衛人員想必傾巢而出，因此我們有可能被團團圍住，一個也逃不了，那該如何是好？

還有，那個人人穿著防護衣操作的劇毒物工廠，會不會朝我們散毒而來？想到防護衣的事我覺得也有好處，那些穿著笨重防護衣的員工，人數再多，也必然動作笨得像企鵝，或許我朝他一推就倒，再多人也沒用。

千頭萬緒，我們一一討論，一一設想應付之道，一直到討論完畢，小組會議結束，我都上了床，還在滿腦子思索不停。這是我有生以來真正的一場大冒險，在這以前我只在少年探險故事中隨著故事中的主人翁四處探險、冒險，從不曾實戰過，要我上了床就安然入眠可不容易。

總之，最後還是安然睡著了。

一覺醒來，發現老爸、嬸嬸和王敏已在客廳等候多時。今天這個行動日的會合地點不是在嬸嬸家而是在我們家，王敏說，在嬸嬸家怕引人注意，要防著善美世界派了眼線監視，在我們家會合相對比較安全。我越來越佩服這個王敏姐姐了！

王經理和善美世界的押車人員約好下午一點整在他的化工工廠會合出發，在此之前所訂購的劇毒原物料要完成裝車。換句話說，我們三個躲在車上的人必須更早在車上躲好。

我們立刻出門，詳細勘查卡車適合躲人的空間，這還真是一輛龐大無比的大卡車呀，駕駛座後上方有一個小小包廂，是供長途駕駛有兩位司機時可以輪流休息的地方，居然還有空調設備。滿車都是毒物，除了一桶桶都畫著骷髏標幟，外觀看來倒還包裝堅固不用擔心。載貨的位置比想像中寬敞多了，處處都可以找到躲藏的位置。貨已裝妥，等我們確定位置躲好，再在上頭加蓋帆布便可。王經理保證會貼心的用技巧仔細蓋帆布，免得把我們悶壞了。

嬸嬸躲在司機座上方小包廂，把一床被子亂亂的隨意拉上蓋住身子，萬一押車的人一時興起要查看包廂，打開拉門看來就像裡頭只有一團棉被。王敏和我則躲在貨物的間隙裡，個子嬌小可還真是處處方便，間隙中居然還挺舒服的。

只是我的心一直碰碰碰碰跳不停。

他們塞給我什麼樣的武器呀？喔的老天鵝，竟然只是一罐隨便就買得到的防色狼用的噴霧催淚瓦斯噴劑，早知道我還該帶上一把童軍刀。

一點鐘之前我們完全準備妥當，我複習著我被分派的任務，只是或許午餐吃得太多了，車子開沒多久，我竟昏昏睡去。

4

我被一陣強光刺激得睜開眼睛，醒了。帆布被拉開來，開始卸貨了。這個時間點我還不能現身，我必須再過一段時間等貨卸好，回程經過樹叢密處，等王經理下車尿尿時才衝出去。

在王經理的化學工廠會合時我第一次見到他，高大壯碩得像一位體操選手，這樣的印象，讓我瞬間為之安心不少，覺得有他加入，我們的任務必然更加篤定能夠百分百順利成功。

工人卸貨，而我們就大氣都不敢喘一聲的繼續留在貨物堆裡，若非我們上車前已仔細觀察，並認真把王經理的卸貨程序一一聽進，這還真是不被發現也難。我就像玩躲貓貓依著卸貨的順序朝裡閃身，我沒有看到王敏，肯定她躲得比我更靈巧！

最後，貨卸完了，我也順利閃進了那塊大大的帆布裡了。在我躲進帆布的剎那，我踩到了一個有體溫的軟物，差點踉蹌摔倒，我竟然踩到了比我先一步躲進帆布裡的王敏的腿，險些跌在她的身上。

帆布當然不會動，所以我也絕對不能亂動。我以非常不舒服的姿勢置身其內，有一半的重量落在王敏的身上，感受得到她的體溫，和均勻的心跳聲，這是我頭一次和一位女性如此貼身而坐（其實幾乎是臥姿，這可不是我故意的），這讓我暫時忘了接下來要執行的超級恐怖任務。

車再開動，我知道卸貨和點貨等例行公事都已完畢，要往回程了。直到此時，我才稍稍敢用最輕的動作調整一下我的身體姿勢，以免把王敏壓壞了。如果她被我壓麻了腳，待會如何跳車？

我想到躲在最舒服的司機座後上方包廂裡的嬸嬸，如果我不能將這個押車的人成功誘下車，嬸嬸就無法從包廂出來了。

車子開了一小陣子，果真在樹叢附近停下，我想那押車的人一定非常不耐煩吧，要小解，不會在洗手間嗎？不過話說回來，他們的公司根本就不讓人隨意走，搞不好連上洗手間都不准，叔叔這個要求算是合理。

我從帆布縫偷偷看到叔叔下了車，沒聽到關車門的聲音，顯然他是故意不把車門關上以便待會兒讓嬸嬸能用最快的速度跳下車。我接著看見他朝一棵大樹方向走去，喔耶！這是該我上場的時刻了！

我緊緊握著我的武器，蹤身一躍。

我的媽呀，這車可還真高，落地的剎那腳踝差點扭到。

我跳下車朝前方衝，王敏接著跳，一跳下立刻往後跑，像風般直奔後頭樹叢方向。

我還刻意揮起雙手，對著車子的駕駛座大揮大喊。車太高了，我只好稍稍離得遠些，繼續大吼。

這個押車的人莫非在打盹？好久才反應過來，看到了我。

對於我的出現，他比發現一隻松鼠或野兔更加好奇，懷疑他是不是看花了眼。

總之他終於看到了我的存在。在我確定他已經看到我，並急匆匆下車的片刻，我已回頭一口氣衝出了好遠。

他努力追趕，我努力奔跑。想跟我賽跑門兒都沒有！我一面跑還一面分心回頭，偷眼確定了嬸嬸也從駕駛座跳出車，朝樹叢奔去，但這個押車的大個子似乎一心只顧追逐我，完全沒有注意到嬸嬸。

當我奔出約一百公尺時，我看到王經理「小便任務」完成，上了駕駛座，準備下一步的支援動作。

我有如複習上一趟路徑那麼熟門熟路，在建築物與建築物之間迴繞奔跑，這一趟我沒有必要再去探看建築物裡頭那些奇形怪狀的東西，一心只顧引開這個押車大叔努力奔跑。我聽見他氣急敗壞的吆喝要我停住，也吆喝其他警衛。關押叔叔的那棟建築物鐵門隨著他的高聲吆喝而開了，警衛從裡頭蜂擁而出，這不好玩，他們有槍咧！於是我刻意放慢腳步，不待他們舉槍向我瞄準，遠遠的自動舉起了雙手，我要讓他們明瞭我投降了，不必開槍，就直接來抓我吧。

大大鐵門開得可正是時候。嬸嬸和王敏已在這一瞬間衝了進去。

不行，我還得繼續引開他們到看不見鐵門的位置，這樣他們只顧追我，才不會回頭去發現大門有人衝進去啦。如果他們回頭，嬸嬸和王敏還是救不了人。

於是我故意朝他們扮鬼臉，吸引他們步步朝我而來，在兩個建築物之間我又來到了上一次逃竄的小巷道，一個閃身，轉頭衝進了小巷。

追捕我的警衛沒料到我有這一招，彷彿到手的兔子溜了的氣急敗壞，乒乒乒乒追逐而來。

進了這一個建築群幾乎便是我的天下了，他們無法找到我，就算找到我也無法瞬間瞄準我，我逃得比較放心一點點，盤算著出口的方向以及王敏和嬌嬌救人的時間，繞著建築群亂跑，盤旋一陣子之後，突然聽到蹤！一聲響，開槍了嗎？有人朝我開槍了嗎？我大大嚇了一跳，沒命朝大門方向逃去，那裡是我們約好撤退的地點，我一定非得跑到那兒才能和大家會合，要不然我就完蛋了。

那聲槍響之後隨即停了，我聽到有人暴喝：「不准開槍，給我徒手去抓！」

那人繼續怒罵不休：「告訴你們非萬不得已絕不准開槍，那只會給我們公司惹麻煩，追一輛車還用開槍？笨死了你們這一群！」

這樣的怒罵教我放心不少，至少他們不會再開槍了，而且，他們在追車，看來救人行動已經成功，這是多麼讓人開心的事！

他們集中朝著大門方向追逐，人數好大一群，果真我看到了追逐群中至少有七八個是穿著厚重防護衣的，看起來有如一群太空人在月球上漫步，更像一群跌跌撞撞的大企鵝。

遠遠的我看到王經理的卡車東游西竄，沒有直接朝大門衝去，王經理他們一定是在找我，我立刻從樹叢中衝到馬路，舉起雙手猛揮。

他們看到我了，但追捕我的人同時也看見我了，兩名大漢衝過來要抓我。

他們睜著大眼，似乎想更進一步確認我究竟是人還是一隻兔子，怎可能跑得那麼快。睜大的眼睛提供了我絕佳的瞄準目標，我高高舉起我的武器，催淚瓦斯不客氣的對準他們兩個人的四顆大眼珠，噴射！

可還真不容易有機會聽到男人嚎叫得如此震天動地，何況是兩個人！催淚瓦斯直直射進他們的眼睛，疼得兩人發出像是殺豬的聲音，只差沒倒在地上滾。

大卡車已在這當下急駛到我的身前，王敏開了車門，提一隻小狗般把我朝車上一提，這也太驚人了吧，這個身材玲瓏嬌小的王敏，嚇人的擁有蠻牛般的力氣！

大批各型車輛朝大門方向集結，企圖將善美世界的大門用車陣堵住，讓我們無處可逃，束手就擒。但此時奇蹟適時而來，善美世界的厚重大門閉而又啟，遠遠看過去，門外竟然密麻麻排滿一排閃著紅藍燈光，漆著黑白雙色的警車。警笛齊鳴，援軍到了，警察到了。

原來爸爸最後的決定還是向警方報了案，尋求警力的支援。他依著所被分配的任務，徹夜未眠找到了善美公司違法的具體事證，並以事況緊急為由獲得檢察官同意直接介入指揮，檢察官於第一時間調動了驚人的龐大警力前來。

5

叔叔的耳朵被割掉了一隻，而且在斷層精密掃描中果真發現了他的身上被植入監控晶片。晶片經順利取出，體能體力獲得迅速復元，但耳朵就無法復元了。

初步調查已經證實，這家善美世界用人體活體器官進行更恐怖的晶片置入實驗，產生他們需要的新物種，並讓新的物種具備人類基因，叔叔被當做摘取對象。別看只是一隻耳朵，第一批培育成功的新物種已達一百三十三個，用以當做組織培養的種原，第二批開始將以幾何級數產出。產出這些超級人造異形的目的何在？這個問題將由檢察官進一步偵查下去。

善美世界全廠被立即查封凍結，靜候調查結果，幾乎可以確定的是將在調查告一段落之後就地悉數銷毀。

我有沒有變成男子漢呢？

我站在逐漸康復的叔叔的病床邊，他還很虛弱，一時尚無法開口，我從他無比感激的眼神中讀到了他對我的讚美。那眼神，已經遠遠超越男子漢三個字帶給我的肯定。

白尾巴的松鼠

那天我在街頭看到了一隻松鼠。

松鼠在台灣也不是什麼稀奇東西，我看到松鼠的地方離一座公園不遠，我知道那公園裡有許多松鼠，也常有人弄了些東西餵牠們，如今有一隻松鼠跑到街頭，或許不算什麼奇怪。有趣的是這松鼠的尾巴尖端有一撮白毛，白色的地方大約佔了尾端三公分，面積不大，倒很醒目。

牠跳啊跳，停在一個店面前，竟是一家賣彩券的店。

直直停在彩券店大門前，朝裡看看，朝外看看，像在引導誰進店，我環顧左右別無他人，如果牠在請人進店去，我是牠召請的唯一對象，這可有趣。我從不曾買過彩券，卻被逗弄出好奇之心，推門而入。就在我進門的剎那，那松鼠像是完成了牠的任務，蹦蹦跳跳就跑遠了。

1 離奇事件的開始

我一輩子第一次買的彩券，中了我幾輩子都不可能賺到的彩金。那一期號稱是史上最高額的獎金，由我一人獨得。扣除稅金，我還是被那本嶄新存款簿上龐大的數目字嚇得不知所措。

一直到好幾天之後我才回過魂來，也才能集中精神思索這筆鉅款的問題。

其實我定神之後大約幾秒鐘便想到了彩金的使用方法，那不是一時興起，而是早在四十年前當我還在讀小學時就起了的念頭。當時我讀了一本課外書而深受感動之餘，決定有生之年只要有錢就去買地，買地之後不耕不種，不炒不建，就擺著任其成為荒野，讓大自然來統治它，這是做為一個現代人唯一對得起地球的做法。這個念頭並未隨我年紀日長閱歷日增而有所改變，反而更加深植我心。現在我終於一夜之間變得如此之富有，該是圓滿我的夢想的時候了。

接下來行動就相對簡單，努力而低調尋找土地便是。

大約又過了一個星期，我終於找到了一塊理想中的土地。這塊地面積寬闊之至，那是遠遠超過我的預期和想像的廣大，價格卻又非常低廉，因為它是一塊乏人問津之地，只有唯一的一條蜿蜒小路可以通往，而這條小路的路口是一堆雜草叢生令人生懼的亂葬岡，墳頭橫七豎八一座座堆疊不知已有多少年代，且顯然墓中人也早被後代子孫所遺忘多時，因為墓塚上不見一絲有人祭掃的痕跡。亂葬岡之後是一座高壓鐵塔巍巍然站在那裡，然後路就沒了，靠步行也行不了幾步，滿地蔓藤野草雜樹叢生，教人根本無法走進去。

透過地政資料及衛星地圖，我看到這塊地有三面為一條蜿蜒河川所包圍，河床低陷使得河畔有如斷崖，阻隔了它與外界的其他通路，使它就像一個大大的半島，或是像一個袋子，除了那個路口，就完全孤立於塵囂之外。衛星照片裡頭顯示這地上密麻麻都是野樹，除了中央地勢稍微高聳處，樹叢間露出來一個不起眼的小小平面，其他完全看不出有人為建設或人力斧鑿的痕跡。這地雖然極其寬闊，或許從來也不曾有人想買，因此價格低到教人意外，巧合的是地主開價和我擁有的鉅額彩金相去無多，雙方一拍即合。

我歡天喜地的簽了約，地主看來更是歡天喜地，似乎巴望了幾十年好不容易才有人相中他這塊地。

取得土地所有權之後我立刻在那唯一的通道上插上一塊牌：此地是私人產業，擅入者依法追究。我買地沒有任何目的，只想讓這塊地維持一個自然的樣貌，當然不准「人類」入侵。

我讀過一句非常感動也蠻慚愧的一句話：

當人類遠離，便是大自然感恩之時。

豎好牌子，我感到滿心歡喜。當然那筆驚人的橫財也就此從心頭抖落，不再造成心中任何負荷。

2 第二次出現

沒幾天，我卻忽然好奇心起，想闖闖這塊土地。

我聽地主說，這塊他們祖傳數代的土地，傳到他們這一代之後幾乎難得進入過一次，這地主至少有七十多歲了，我突然想到一塊地有七十年都沒人闖入，未免真是稀有之事。因為這地又不是位於深山叢林，它座落在平地鄉村，現今這個寸土寸金的時代，真難以想像還有七十年沒人進入的荒野。如果他的上一代也和他一樣，那這塊地豈不是上百年沒有人煙啦？

我揹起簡單背包，帶了一大瓶水，穿上長筒雨鞋，帶上手套，戴上帽子，決定一探。這似乎也沒有違背我買地後不使用它的初衷，我只是想看看，不會想到去使用、利用。即使裡頭出現了什麼高價的植物也絕不會去砍它、鋸它、賣它。穿戴整齊是怕遇到蛇類或其他什麼有毒動物植物，誰也不曉得裡頭會出現什麼，防範總是必要。

來到路口，看到我插的警告牌孤零零站在那兒，心裡好笑起來，這裡是如此偏僻，有誰會老遠跑來呀？怕這牌子也只有豎給野鳥看的份了。

忽然眼睛一亮。牌下有個小東西站在草叢中，露出半個身影。

松鼠！

松鼠不稀罕，奇怪的是，牠的尾巴大而蓬鬆，尾端毛色是雪白的！

會是和街頭碰到的同一隻嗎？不會吧，我內心一陣毛毛，如果不是同一隻，毛色特徵未免也太巧合，如果是同一隻，又該如何解釋牠也來到了這兒？這裡，離那家彩券行至少有一百公里遠，這隻松鼠竟然尾巴的顏色就和我在街頭看到的那一隻一模一樣，松鼠的體力可以奔走如此遙遠的距離嗎？如果體力容許，牠來這裡的原因又是為什麼？

但我不能教一隻松鼠分散了我此行的目的。我暫時放下對松鼠的注意力，邁開步伐，踩進了我的地。

前面約短短二十公尺距離，草長得不高，行進容易，二十公尺以後，一條橫長的蔓藤幾乎絆了我一跤，接下來可就真的寸步難行了。

我儘可能不去砍除蔓藤及橫檔眼前的樹枝，只好彎腰、扭身、抬腿、迴繞，用盡一切方法前行，彷彿化身為一隻變形蟲，走得好不辛苦。

但大約只再往裡頭挺進二十公尺，回頭便已難辨方向，我想，亞馬遜的叢林或許也不過如此形狀了，還真是難以想像平地平原居然隱藏著如此幽深秘境。

再苦苦前行大約三十公尺吧，我突然驚起：是否我該準備一個指北針呢？否則迷失了方向又該如何是好？以這塊地的幅員之寬廣，我只步入百分之

一、千分之一都不到，如果我不能有個指北針，再往內部挺進迷路是絕對可能的事。

心中這一警覺，不敢再做久留，回頭朝來時路的方向退回。果真回頭時幾乎要迷失方向了，試闖多次，也誤闖多次，好不容易才從枝葉的縫隙中遠遠看到了一片藍天平野，安全退離了叢林。

站在路口回望這深不可測的土地，額頭上有汗水，似乎還滲雜些冷汗，教人心驚的冷汗。萬一我真的迷失在裡頭，只怕叫天不應叫地也不靈。

這一趟看地之行變成了探秘之旅，雖是鎩羽而歸，卻也不算白走，僅僅淺淺走了一小段，已經感受到大自然佔有一塊土地所展示出來的無窮魅力，我越發覺得有生之年能夠保護這一塊土地真是有意義之事。

而且，小路路口遇到了那隻尾巴毛色特殊的松鼠更是教我百思難解，莫非這另有什麼祕密或什麼樣的意涵蘊藏其中？

3 第三次的出現

有了第一次探秘的經驗，我並未就此放棄，反而更加積極準備再去一趟。

我仔細列出一個攜帶品清單，一個軍用級指北針列為第一要項，我還購買了若干可供充飢的食物以防行走太遠餓肚子，另外，我也買了一把銳利的砍刀。買刀時我努力說服自己，我只用以清理一個可供自己通過的小小路徑，大自然自我療癒能力極強，我覺得這樣做絕不致造成對這個自然環境太大的破壞。

另外，我還準備了大量紅布條，準備沿途綁在適當的位置，以供回程辨識而免迷路。

我在電腦上將這塊土地的衛星地圖放大再放大，我原來希望在進入之後可以從一些大樹做為判別方向的依據，但無法從衛星照片中判斷是什麼樹種，只好努力尋找其他地標，這時我再一次注意到了大約是這一塊略呈一顆蕃薯形狀的土地中央那個稍微平整的位置，估計那個平平的一塊地，依比例估計大約有一座籃球場大小，但何以那個地方沒有長出樹木，而且平坦得近乎一塊水泥地呢？如果七十年來，甚至近百年來這塊地不曾有人進人，那個古早年代不太可能有水泥來鋪地吧？

我將衛星地圖列印下來，拼貼成一整張，並在大桌子上用紅筆標示我準備行走的方向反覆研讀，然後塞進包包。這一趟我決定就以那塊較為平坦的地方當路標，決定走到那兒之後便回頭。換算一下，那少說我也將來回行走上十或十五公里，夠了。如果想要踩遍全部土地，對我而言未免太過冒進，而至少此時我還沒有準備要邀其他人參與共行。

一切準備妥當之後，我選了一個晴朗的好日子，在大清早四點多便驅車抵達入口處，停好車，在那塊禁止外人進入的牌子旁吃了早餐。

看看表，五點整準時出發。

老實說，在來到這個路口時，心裡居然還有一點期待看到那隻毛色奇特的松鼠呢。雖然明知太不可能，沒看到牠心中卻還是有一點莫名的失望感。

今天林子裡因為露水太重，到處一片濕答答，走沒幾步長褲和手套都濕了。在萬不得以時我才揮刀，有些植物長長的葉子銳利如刀，有些葉子雖然不大，卻兩面都長著利刺，連枝上也滿滿都是刺，我小心翼翼的避開它們，不斷提醒自己切莫心急，慢慢前進便是。

頭上、身前、腳下，各個方向都得非常小心，除了植物，腳下土地也滿佈亂石，高低散亂，濕滑難行，教我走得跌跌撞撞好不狼狽。

當我逐漸深入之後，枝上鳥雀和初進來時的淺區已經有所不同，越是深入，野鳥似乎越不怕人，連蝴蝶也一樣，似乎牠們一輩子都沒見過人，搞不好不是一輩子，而是好幾世代都沒見過人吧。

蜥蜴、蛇類出沒，腳上長著吸盤的樹蛙也在枝頭跳躍。

綠葉濃密處有松鼠跳過，我定睛觀看，牠們只是普通的松鼠，尾巴上沒有白色一截。雖然不止一隻，看起來至少有四或五隻，卻無一有白色的尾毛。

鳥鳴聲此起彼落，相互應和，有了鳥鳴，林中倒是讓人覺得熱鬧不少。

偶而腳邊有泉水流過，匯為小小溪澗，小溪雖小，水質卻極其清澈，似有小魚小蝦在水中游動，但我並未分心太多，依然努力前行。

走著走著，我覺得我應該已離目標區不遠了。沿途已經休息兩次，補充水份和填飽肚皮，同時翻出地圖核對我的方向，我蠻自豪這一次終於不再迷路。但心理一鬆懈，立刻發現迷了路。

嚴格來說這不叫迷路，因為根本無路可迷，應該說是失去了方向。就在我第三次休息時，我坐在一處小土丘前的草地約只二十分鐘之後再行站起，忽然感到一陣暈眩，努力站定之後，竟然失去了方向感，無法辨別我是從那個方向走來，想朝那個方向繼續走了。

這不可能啊！怎麼一站起來便失去了方向？

我要自己冷靜下來，努力回溯剛剛停步之前對這個地方的第一印象，腦中竟然一片空白，看起來無論前後左右都是樹林，除了樹林還是樹林，四面八方的樹木特徵簡直都長得一模一樣。

沿途進來，我綁了至少五十條紅布條，後來因為擔心準備的紅布條不夠用而拉大了綁布條的距離，因而在抵達這個休息處之前，至少有五分鐘之步距並未綁記號，這加深了此刻辨識方位的困難。

更麻煩的是當我掏出隨身帶來的指北針準備校正方向時，指北針竟然故障了！

無論我將這指北針朝那個方向轉，上頭的指針竟然也都同步跟著轉，它已失去了指北的功能。

我這是可供戰場使用的高檔指北針，不但出發前再三檢視，一路走進來也都完全正常，偏在此刻失去功能，我立刻抬腕看手錶，我會利用指針和太陽的對應方位辨別方向，這是除了指北針之外另一種尋找方向的方法，驚嚇的是我的手錶竟然停了！停在好長一段時間之前，估計至少停了有兩個小時以上！掏出口袋裡的手機，手機螢幕全黑，分明有電卻開不了，一切功能全失，我瞬間不明不白失去了一切可用之物，這教我驚出冷汗來。

不要心急，不要心急。我在心裡為自己打氣，令自己把心情安靜一下，抬頭看陽光還晴朗，我現在決定撤出的話一定能夠安全回到出口，我沒有驚慌的理由，更沒有驚慌的必要。

就當我決定立刻朝回走的時候，更驚奇的事發生了！那隻有著白色尾端的松鼠，竟直直站在我眼前約十步遠的距離。

這未免也太離奇了！我見了牠，驚奇又開心，陌生又親切。畢竟此時牠是我唯一一個能與外界產生聯想的對象。

對映於我的心慌如麻，牠顯得舉止從容。嘿！我竟會以這樣的形容詞來形容一隻松鼠。但有什麼詞彙更適合形容此時牠給我的印象呢？半瞇著眼，直挺挺站著，像是炫耀也像是提醒我辨識牠是我的「老友」般輕幌著牠有著特別毛色的大尾巴。

然後，突然一個轉身，朝後蹦出去。

我準備要撤出這座秘境耶，我不敢繼續在林中逗留太久，萬一天黑而還沒走出去那就麻煩大了，而牠卻仍想和我玩捉迷藏？

牠跑了幾步又停下，回頭看我，露出：跟上來吧！的肢體表情。

我不由自主的跟向牠的方向，於是牠像是十分放心的繼續朝前跑，有如在引導我、鼓勵我繼續前進。

就在沿著土丘邊緣大約只有十公尺之處，我驚見草叢間出現了一個洞穴。

奇的是這洞穴是用整齊的石塊砌出一個門，這可不是天然的泥洞。

我朝裡頭探望，裡頭讓人意外的竟然尚稱明亮，這不是一般的洞穴，肯定在內部某個地方的頂部有開口露天，才能引進來光線。

雖然我的包包裡帶著手電筒，洞穴裡頭有光源教我放心不已，我大膽朝裡踩，洞裡頭的地面算得上平整而乾燥，我小心避過平躺在洞口的一條草花蛇，牠是無毒的，在我繞過牠身旁時，牠對我睬也不睬，避都不避。

在洞中探索約五十公尺，只見初入時洞穴狹窄，壁面及頂部皆以石塊砌成，五十公尺以後的內部竟然夠寬敞，也夠高，或許可供露營的人搭上兩三組標準大帳篷。而在這個寬敞的空間頂部果真有個大大的露天之處，這也是山洞光源的來源。

在這個大空間的四壁，有三或四個通道，就和進來時的通道一樣的狹窄。

我越來越加好奇，松鼠引導我來到這裡，透露出什麼訊息啊？

接下來見到的是牠跑進了中間的一個通道，我像是受到迷惑般跟隨而入，一進入才三公尺不到，裡面竟是一個更大、更寬也更高的空間。

迎向我的是這個大洞穴的正對面壁上，有一尊巨大的石像（或是泥塑之像，一時尚難以判別）。

這不是佛像，佛像總是人的造型，有頭部、頸部、四肢和軀幹，而且表情安祥莊嚴，但眼前這一尊，頭部大得與身體完全不成比例，臉上沒有眼睛，沒有嘴巴，鼻長如象，鼻端處似乎才是眼睛或嘴巴。

身體上長著一群手（或腳），這樣的造型，顯得幾分像一隻章魚。但每一隻手（或腳）的尾端卻比例怪誕，都十分巨大粗壯。

這是什麼東東呀？我看得有點兒毛骨悚然。於是轉身回走，不想再深入了，誰曉得接下來我還會看見什麼，我即使要看，也不想一個人看，我只是一位大自然的熱愛者，而不是一個探險家，更無意當一個探險家。

4 第四次

那天我在傍晚七點整才走出密林。七點整，一分不多，一分不少。

我心愛的白尾巴松鼠像一個善解人意的伙伴兼嚮導，在我決定撤退之後引導著我步步脫困，出山洞十分鐘之後我欣喜的看見我親手所繫在一根樹幹上的第一塊紅布條時，我已確定這隻松鼠正以不可思議的行動引導我走在正確的回家之路上，我大膽放心跟牠前進，之後出現了第二塊紅布條、第三塊、第四塊……，最後我終於回到了出口處。

回到出口時，我驚魂甫定，非常懊惱何以我的手機、手錶、指北針竟都在我最需要它們的時刻同時故障，正要研究，一抬手腕，我的手錶不知何時已經恢復正常，時針指在七的位置，傍晚七點了！

我趕快看我的手機，就像從來不曾罷工過，螢幕顯示一切正常，螢幕上有時間，也顯示此刻是下午七點整。我檢查一下手機其他功能，沒有任何問題。指北針呢？居然也是可以正常運作的！

我好奇這一塊幾乎沒人踏入的土地上，藏著驚人的神奇祕密，會教許多現代化工具無故失靈。想起山洞中那個神奇詭異的彫像，更是思潮翻湧。就連一隻奇怪的松鼠，本身也是一個謎。而牠，就在引導我走出密林之後，又躍入叢草之間，失去了蹤影，連我要向牠道聲謝都沒來得及。

我該向一隻松鼠道謝嗎？如果這一切沒發生過，我一定會和你一樣對此痴之以鼻，笑稱荒唐。但此時我是真心無比，就是想謝牠。

一切的不解充塞我心，久久無以自已。

我越想暫時將這些異象擱之腦後，這些事卻越是縈迴不去，幾乎成天都在腦中盤旋。我甚至懷疑自己是不是精神上出了問題，是不是從中了頭彩以後就精神失常了？甚至，會不會連中頭彩本身都不是事實而只是一場幻夢？

我覺得若非即時去找一位心理醫師協助我儘快把問題弄個明白，我肯定會陷入瘋狂。但有那一位心理醫師是可靠的，聽完我的敘述之後不會直接把我交給療養院？

這時，我想到了一個人，他是我的小學同學，我們在彼此大學畢業後再次相遇於同一個職場上，又共事了大約五年之久才因公司解散而離散，至今雖有多年不曾聯絡，但他是一位可靠的朋友，聰明智慧兼有，我應該把他約出來，甚至可以進一步邀他伴我同行，結伴再做一次探秘之行。

我打了電話，他果然不負我所望，風塵樸樸開了兩個多小時車，直接來到了我家。

開門見山。我等他坐定之後詳詳細細和他說起我中彩券、買土地、遇到一隻白色的松鼠，以及在松鼠陪伴和引導下看到神祕洞穴和奇怪彫像的事，而且在那個叢林中我還發生手機、手表、指北針全部失靈的怪事。他冷靜的聽，不發一言的由我說完。

「你覺得這事夠離奇了吧？」我問，想聽聽他的反應。

「世界上是有許多難以解釋的事，但難以解釋並不代表他不存在。」他說：「難以解釋，或許有許多是由於我們的知識還太有限。」

真是我的好朋友啊！聽到他說這樣的話，我感到欣喜又寬慰，果真我沒有找錯人，他的的確確夠資格和我分擔分享這一連串的奇遇。

「你對這件事有什麼看法？有什麼建議？你可願意陪同我再走一趟？」

「保護好一塊地，莫受人為改變是具有極大的意義和價值的，同學，我真是敬佩你有這樣的心胸和氣度。我記得你這個願望也和我提過不止三次以上，我真心佩服你一本初衷貫徹心願。我也不知道換做是我中了如此大獎，還會不會堅持理想而不受誘惑？」他說，他更開心的是這樣一件事我願信賴他而與他分攤、分享，他十分樂意陪我入林踏勘，即使無法把林中秘境搞個明白，至少也想親眼見識一下。尤其是那隻神奇的松鼠，更是讓他感到興趣盎然。選日不如撞日，我們敲定他當晚留宿我家，隔天就陪我再闖秘境。

我們大致上完成了攜帶物品的準備，收拾好，早早各自就寢。只是難得失眠的我，這一夜竟然輾轉反側無以成眠，直到手機鬧鐘響起，天都已經濛濛亮了才有了點睡意，但已經不能再賴床了，約定出發時間已近，我得起床漱洗準備。

翻個身，起床時，突然看到床邊的窗外有個身影，松鼠！那隻尾端有著白色毛色的松鼠。

怎麼可能？牠有預知我和好友今天將再入密林嗎？

我匆忙去敲好友的房門，要他快快來看這松鼠又出現了，但我和好友用最快的速度趕回我的房間，窗外松鼠已經不見了。我拉開窗探頭，窗外是磁磚的牆，平滑而又一無攀爬之處，也無任何可供隱藏的位置。這樣的牆松鼠是不可能爬上來的，而且也不可能瞬間又再消失。

這是松鼠第四次出現。他要預告什麼訊息給我們嗎？朋友也伸長脖子朝外探，極目搜索無果，只得悵然回房。我看到他臉上沒有任何失望的表情，我倒是希望他有些表情，那才正常。

松鼠分明出現在我眼前，卻與我的好友擦身而過，我雖然無法解釋這究竟是怎麼一回事，卻忽然有一種濃濃的孤獨感上身。

5 故事結束了

我們依照昨夜商定的時間，清晨六點抵達入口。我豎在那兒的禁制牌孤零零站在那兒，露水如雨，沾滿整面牌上的文字。

入口處沒有看到松鼠。

一路踩著露珠前行，每隔一段距離便見著一條醒目的紅布條，這使我內心篤定，有如熟門熟路。

只休息兩次，補充水份和吃了帶來的飯糰、壽司，居然給我們抵達了我上一次迷路的地方！今天有人相陪，速度神速呀。

習慣性的抬起手腕看表，下午兩點二十八分。

忽然想到上次就是在這兒，我的手表失靈，我的手機和指北針也失去功能，現在我的手表正常，我檢視手機和指北針，此時也沒有任何異常，它們一切完好無恙。

我的朋友一直讚美沿途風光原始而又優美，尤其在行經一處山毛櫸純林時，看到林間有幾隻帝雉在落葉鋪得滿滿的地上散步，沒多久又看到成群台灣藍鵲掠過眼前，在在使他為之振奮不已。朋友是業餘鳥類研究者，這一趟遇到的野鳥種類和族群數目多得無從細數，想必讓他感到此行不虛。

只是，怪誕的器材失靈事件不再出現，還有清晨松鼠的來而復走，成了我心中懸念。

對了，松鼠，上次在這個地方現了蹤，引導我走向神奇洞穴，今天可還會再來嗎？我忍不住一番東張西望，卻沒能見著。

我記起了上次在這兒，牠帶著我朝一側前行，沒多遠便看到了那座神祕山洞的洞口，我依著記憶沿著土丘腳下朝那個方向前行，果真在十多公尺後，看到了土丘壁上雜草坡中露出來的一道裂縫。

急步上前，洞穴入口在望，可是，這個洞穴入口形狀、大小和上一回所見一模一樣，卻不是岩壁，而是土窟。

記憶中上次看到的這個山洞入口，是以砌石疊成，一塊塊大小整齊的石磚，層層堆疊形成一個堅固的洞穴入口，即使進到洞穴，裡頭也依然是砌石為牆，上頭則是石壁。但此時在眼前呈現的洞口只能說是一個泥土坡上坍出來的自然裂縫，外觀近似，只是莫說有通道可入，淺得連半個身子都塞不進。

這一定是搞錯了！我立刻環視土丘四週，爬上爬下搜尋，繞了整座土丘三回，我頭一次看到這土丘上方平坦有如水泥地，卻只是一個平平坦坦卻沒有長草的裸露黃土地，想必這便是衛星地圖照片上看到的中央位置了。只是我無論怎麼找，土丘四週別無其他崩坍裂縫，更沒有任何山洞，上一次進入的岩石砌築的洞穴竟然已在地面上消失無蹤。

會是記錯了位置嗎？難道在某一個地方另有一個和這個小土丘完全一樣的地形，另有一個山洞的入口嗎？我要好友緊緊跟著我，以這個土丘為圓心朝外擴展，努力展開搜索，至少繞了兩個小時之久，所有走過的地方，莫說土丘，連一個稍微高聳的地方也沒有。最後我們回到土丘處，我覺得真是身心俱疲，頹然坐在地上，汗已完全濕透全身。

我向好友再一次詳詳細細描述那一座神祕洞穴、洞中寬闊處、另一個通道，通往洞中更大的寬闊空間以及那座奇形怪狀的巨大石彫，說著說著，越說越覺心寒心虛，面對此刻眼前的地形地貌，一切好像都成了虛假謊言了，這叫我如何不氣餒？

我像一個洩了氣的皮球，說到後來，幾乎連再多講一句話的力氣都沒了。此情此刻，我又能再說什麼呢？

我忽然憎恨起那隻有著白毛尾巴的松鼠起來，就說我是牽怒也罷，我覺得牠簡直就像一個邪惡的魔鬼，在惡狠狠的戲弄我，整個過程都是在存心戲弄我，在這關鍵的時刻，牠卻躲起來，說不定躲在某個枝枒間偷偷嘲笑著我，真是太可惡了。

倘若牠這時現個身，多少我也還能向好友提出一點點佐證，證據再微薄好歹也是證明，而牠偏偏隱身不出。

我暴怒而起，撿起一顆石頭，伴著一聲驚天暴喝狠狠將石頭朝樹叢中砸去，有如要把滿腔怒意悉數宣洩掉，但砸了石頭，我的怒火依然在胸中燃燒。

久久之後，朋友走近我，拍拍我的肩，給了我一個擁抱。沒有發出一語，僅僅這個擁抱，我已感受到無比的溫暖，一切盡在不言中。我明白，我的一切解釋皆屬多餘，朋友即使無法明白我所要解釋的是什麼，但他必然已經知道我想要說的是什麼了。

我們回頭向入口處行去，回程順利，蔓藤依然糾葛橫陳，卻沒有遇到什麼麻煩，更沒有錯走一步，回到入口處，天已將黑，弦月高掛在深藍得近墨黑色澤的天際。

火山異形

1

我家住在一座火山的山腳下，這是一座死火山，其實是處於休眠狀態中的休止火山，雖然目前沒有爆發的跡象，可是誰也不曉得那一天它會不會突然復活而爆發。

火山的山腰間有一個奇妙的地方，整整一個山窪終年都在冒著濃濃煙霧、吐著熱氣，溫度高得沒有人敢靠近。我常常盯著它看，也心中猜想著，萬一有一天火山復活，這個山窪會不會瞬間成為火山口？

我的家住在距離這個山窪走路要半小時的地方，這裡是一座谷底的小平原，強風吹不到，土地也十分肥沃，我們世世代代都住在這裡，和鄰居一樣靠著種地瓜、水芋和花卉維生。這裡種出來的玫瑰朵朵花形碩大，海芋花更是大得驚人，每當花季，總有成千上萬遊客湧來賞花、買花，這也是我們家一年一度收入最豐富的季節，只要這一季收入好，我們家全年都衣食無虞，我也不怕上學繳不出補習費了。

山裡的小孩有各種和城市同學完全不同的遊戲方式，而我最大的樂趣便是散步到那個冒煙冒氣的山窪，看咻咻吐氣的奇觀，我可以在那兒一坐就是大半天，怎麼看也看不厭。

這一天我和平常一樣坐在山窪旁的巨石上，卻見到了驚人的事：一顆大白天劃過天際的流星，朝著我的方向衝來。

流星！一路燃著熊熊烈火！

最初我只看到這流星和平常所見一個樣子，只非常好奇怎麼白天也有流星，接著我發現大事不妙，它不再像其他流星劃過天際，而是朝著我高速衝來。

它的奔馳速度高得讓我完全來不及反應，我覺得它就要砸中我啦，卻臨死也要看個明白，我只看著它身上的火越來越熾烈，整顆就像一個被燒紅了的黑球。而這顆黑球的體形竟是越來越小，墜落地面之前變得好像一顆棒球那麼大，週邊的火也熄了，成了一個黑色的籃球或黑色的棒球，然後，幫！一聲衝進山窪熊熊煙雲中。

墜落那一剎可曾發出幫一聲巨響？老實說因為事情太快而我也太過驚嚇，我並不記得有或沒有聲音，只是猜想應該會非常大聲才對；有沒有造成地震我也不記得，有流星墜落地球，肯定會造成地震的，但或許這顆流星太小，產生的震度不足以形成地震？或者是我真是被這個流星嚇呆了，剎那間失去了片刻的知覺和記憶。

但無論有沒有巨響，有沒有地震，都是次要的事，最重要的是我肯定親眼看到了一顆流星，墜落進了這個終年冒煙吐熱的火山熔岩區。我親眼目睹，萬無可疑！

流星掉到地上，叫做隕石，這一點我知道，這是常識。但是隕石墜地，未必會像書上說的引起大地震、大海嘯，也未必會在土地上鑿出一條深深的裂痕，甚至還變成瀑布，或是掀起遮蔽天日的漫天塵埃，造成生物滅絕，而只是幾乎不聲不響，這一點我卻可以肯定，我是親眼目睹的見證人！我心想，或許我看到的這一顆流星墜落在地上時已經因為沿路燃燒，燒到只剩小小一丸，掉在地上就像一顆不大不小的石頭般，造不成海嘯、地震吧。

我如果向老師和同學們說，他們會相信我真看見了流星掉到地上嗎？我努力尋找掉落地點有沒有出現什麼痕跡，假使有個碰撞的痕跡，或許我可以指給老師和同學們看，那我的話就有更強的可信度，只是我無論怎麼找，完全找不到任何痕跡，這真教我好生失望。

墜落的位置約在中央最深坑偏左邊一點，那裡岩石嶙峋，煙霧冉冉，終年彌漫著濃濃的硫磺味。這個窪谷我太熟了，更早以前我曾試著靠近去看，看看窪谷中央的位置長什麼樣子，有沒有像電影火山口那麼樣燒得火紅火紅的岩石？有沒有彷彿在流動著的熔漿，但那根本是不可能的事，稍微靠近一點點就立著警告牌禁止任何人進入警戒圈，事實上也沒有人能靠近，因為靠近時溫度真是太高了，熱浪直衝人臉，我保證只要再朝前行進五公尺，臉上的皮膚一定會被撕裂。即使能夠再往前走，只怕身體就會起火燃燒，那真是非常燙熱的地方，任何動物、任何植物，任何生物都活不了。地表上有這樣一塊地方，真是奇妙呀！

我認真的記住那個墜落點的位置，到了必須回家的時刻才快快不捨的回家。今天比平常回家的時間稍稍晚了一些，我不能晚太多，阿爸和老媽會碎碎唸很久，以前阿媽還在的時候還會警告我回家太晚會遇上魔神仔，會給魔神仔抓去餵蝗蟲、吃泥巴。我雖然不相信魔神仔但也明明白白萬一老爸老媽生氣了，不准我再出門，我最快樂的獨自遠足上山就要被取消啦。

我沒有把流星掉下來的事告訴老師和同學，一直到放學時，忍不住才講給一位好同學田吉聽。田吉因為他的名字以及戴著一付黑框大眼鏡而被同學取了綽號叫田雞，他是我最好的朋友，我也從來不曾叫他田雞，那是讓他不快樂的事。

田吉大大驚奇，立馬決定跟我上山。反正他家和我家住得近，他們家也是種海芋花的，我們離開學校，直接就往高坡方向而行。

我把昨天緊緊記住的墜落點指給田吉看，田吉真太專業了，沒想到他的書包裡藏著一個單筒望遠鏡，酷斃我也！

在他掏望遠鏡的時候我還瞄到，書包裡頭有一個放大鏡，是大型的，另外似乎有一個什麼樣的儀器，鏡頭是紅色的，太驚人了。

他徐徐把望遠鏡套上脖子，舉起，隨著我的指引聚焦探望。動作老練得讓我暗暗羨慕不已，這座山，我幾乎天天看，卻從未曾以望遠鏡將它看個仔細過。

田吉看完，將望遠鏡交給我，我接過來學著小心將它套上脖子，舉起，搜索，尋找到正確方向和位置，我看到了昨天流星墜落的位置，卻沒有任何異於其他區域的痕跡，好像連一塊岩塊都沒有被撞擊到。

隕石就如此神不知鬼不覺衝進地下去了嗎？

我感到失望。但田吉卻以堅定的相信我的口吻說：「或許我們從這個方向看，落地撞擊的位置被擋住了，我們該繞到山的另一側去看看，或許可以有所發現」。

這說得相當有道理，今天放學早，我們有時間去繞一下。於是兩人立刻行動，避開高熱地帶從山壁左方繞道朝上攀爬。

這根本沒有路徑可走，因此走得非常艱苦，不是雜草擋了我們的方向，便是裸露的巨大岩石和石與石間崎嶇難越的間隙橫阻於前，好幾次手腳並用爬行，還好幾次滑倒在山坡上。

繞得氣喘吁吁，最後，來到了可以觀測的位置了，舉起望遠鏡，果真有了發現。就在鎖定的那個位置，我們看到了岩壁新裂解崩落不久的傷痕，那便是證據啦！這個裂痕被其他的岩石擋住，因此我們從原來的方向是看不到的。

我們輪流使用望遠鏡觀察這個撞擊點，卻看不到隕石，想必隕石已在墜地的高速衝撞下埋入熔岩深處。

但當田吉再一次接過望遠鏡時，我看到了他出現滿臉驚嚇的表情。

我連忙搶過望遠鏡，左瞄右瞄，卻看不出有什麼不一樣的風景。

我問田吉，田吉的口氣竟變得有點兒結結巴巴：「你看那個擦撞的痕跡右邊一些些的位置！」

我又忙了老半天去尋找、對焦，這種單筒望遠鏡超難搞的，我還是第一次使用，以前我曾用過一個雙眼的，倍數很小，用了一陣子就掛起來陪灰塵了。

可是，我還是完全看不出那個擦撞的痕跡右邊一些些的位置有什麼。田吉一把把望遠鏡搶過去，再看，口氣沮喪無比：「不見了！」

「什麼東西不見了？」

「一個東西不見了！剛剛還在啊！」他說：「剛剛我明明看到有個奇形怪狀的東西在那兒的。」

嘿！少嚇人呀，田吉這句話說得讓我背皮一陣冷嗖嗖起來。

「長什麼顏色？什麼樣子？」

他一面繼續從鏡頭中盯著山壁，一面回答：「黑色，像柏油的顏色，而且發亮」

「什麼樣子？」

「像一灘柏油，倒在地上，可是會流動，向上面流！」

「你嘛別嚇人了！一灘柏油，而且還會向上面流動？」

「我幹嘛蓋你？可是現在又不見了，教我怎麼證明給你看。」

接下來我和他輪流看望遠鏡，什麼也沒能再看到了。我失望，他比我更失望。

一直到必須回家的時刻了，我們才決定下山，回到我們那個美麗的谷地各自回家。

在分叉路上我們共同決定保住這個祕密，不再告訴其他人。只是這個祕密也只維持了一天。

2

第二天是星期三，下午全校集合上自然課。

星期三下午學校常會安排外面來的老師為我們上課，各式專長的不同領域的外來老師，人人身懷絕技，總是講得萬分精彩，這是同學們最盼望的約會，和事先完全不知來歷也不知長相的神祕嘉賓約會。

這個星期三我們原來也只曉得要由校外來的老師為我們上自然課，直到鐘聲響起，客人進了我們的綜合教室，我們才曉得難怪他的名字那麼熟，這位老師竟是一位出版過許多科幻小說的大作家，他的書，幾乎只要圖書館裡有的我都看過，我和許多同學都是他的粉絲。而更教人驚奇的是他服務的機關也在我們這座擁有國家公園身分的群山之中，離我們學校開車或許只花不了半小時。那個地方我們都曾路過、看過，大大小小一群像碟子般的天線朝著不同方向的天空豎立，像一群巨人的耳朵，他就在那裡上班。

這個下午的兩個小時課程，我們只覺得時間飛逝，恨不得延長為二十小時。吳老師口中，這個宇宙中存在的奧秘，真是太多太多了，每一顆星星都是一個藏有無限祕密的寶庫，等待人類去發掘。

這位吳老師口中的太空，從這顆星到那顆星，談起來只花五秒鐘，相距卻是十億光年！而像這個龐大無比的太陽系，宇宙中就有無數億個。宇宙理論上應該有個範圍，迄今為止我們還是無法為這個範圍定義。幾乎吳老師的每一句話，都是我們一場震驚。

下課之前，吳老師留給我們十分鐘，讓我們發問。

我和田吉相對一望，交換了一個心照不宣的眼神，也幾乎同時點了一下頭。然後，他用眼神示意，由我來提問。

「請問吳老師，在你這麼長期對星空的觀察中，你覺得有外星人嗎？外星人可曾來過我們地球？」

「啊！哈哈……」吳老師對這個問題似乎胸有成竹：「差不多每一個學校都有人問這個問題啊！」

「究竟有沒有外星人？」同學們起鬨起來。

「這個世界如此之大，這個宇宙大得無可度量，有外星生物是一點也不必懷疑的事。生命如此奇妙，怎麼只會安排由地球獨享呢？和地球條件相近的星球，千千萬萬顆，只是我們對他們的探索還在起步。

「有外星人是不容置疑之事，起碼我認為是有的。至於外星生物有沒有來過地球……我未能親眼目睹，可是我推斷應該早已有過。古書上有各種記載，到現在依然難解的古文明存在事實也有越來越多人認為與外星科技有關，而且，依照已經逐一解密的一些外星生物在地球活動檔案，可還真是不少人曾有所目睹或是接觸呢！」

同學們振奮起來，我想起了田吉所見之物，我請他進一步提問。但他膽怯又害羞，於是我再度舉手發言：「外星人長什麼樣子呢？是不是像書上描述的那種樣子？會不會長得像一團柏油？」

「柏油？哇哈哈哈哈……」

同學們當場爆笑出來。

吳老師等大家的笑聲逐漸告一段落才回答：「許多有關外星人的圖像，其實都出於人類的想像。而我倒未必覺得外星人一定會長得近似地球人，有顆腦袋，還有四肢，以及獨立行走。說不定真有長得像一團柏油的外星生物呢！」

「柏油那樣的外星人，太好笑了吧！那該怎麼走路？怎麼看東西？怎麼吃東西？」同學們你一言我一語，這個話題又被炒熱了。

「我們所說的外星人，嚴格的說應該定義叫做外星生物。既然是生物，細菌也是生物，奇形怪狀的單細胞也是生物，例如變形蟲，你要說變形蟲長得像一團柏油，難道不像嗎？」

變形蟲我們曾上過，吳老師這一比喻，我發現田吉的雙眼立刻亮了起來。

如果田吉看到的，像柏油般的黑色東西是個像變形蟲一樣的生命體，牠會朝岩石的上方移動，那就解釋得通了。

這也讓我毛骨悚然起來。那顆掉到熔岩的隕石，如果帶著外星生物來到了地球……，哇！簡直是科幻小說的情節呀。

「老師，有生命的東西，能夠存活在像火山那麼熱的環境裡嗎？」我忍不住再問。

「在地球上存在的物種，有些能耐很高的溫度，例如有些溫泉飯店提供溫泉養魚當招攬遊客泡腳的噱頭，溫泉中的魚逐漸適應了高一些的水溫；至於火山熔岩……，有一個例子，在東北部海域真有一個海底火山，終年噴發，週邊的海水溫度奇高無比，竟也有一些可以耐高溫的魚蝦和蟹類在那兒活動、繁殖，生命的適應能力真是驚人呢。

火山熔岩的溫度高得嚇人，熔岩中心位置地球上的物種是無法存活的，至少到現在為止還沒有發現過這樣的耐熱生物。但倒是有些特別的地衣、苔蘚類低等植物，可以長在熔岩週邊溫度極高之處，耐熱的能力，恐怕是世世代代長時間的演化適應而來。」

「地球之外的生物呢？」

「地球之外的生物就不無可能了，或許有的生命能適應極高溫，因為他們生長的星球環境本身便是極高溫之境。」吳老師說完，突然深深看了我一眼，嚇得我心虛得立刻不再追問，這是我和田吉的祕密呀。

吳老師下課後，校長一直送他到停車場，田吉跟著，招呼我一聲，搶先跑到校門口，就在校警把校門鐵門打開的剎那，我們即時攔下了吳老師，告訴他，我們還有問題。

我知道田吉終於忍不住了。

吳老師和悅色的把車暫停在校門前的一個小廣場，停好，下了車，擺出要認真聽我們發問的姿勢。原來他竟是如此和藹可親的人，讓我小小吃了一驚。

我們把在山麓上看到的一切，原原本本仔仔細細向吳老師說了個明白。吳老師聽得仔細又認真，當下敲定明天相約在現場見面，因為他認為非到現場看個明白不可。

第二天，我們像平時一樣準時下課，我和田吉加快腳步直奔我們和吳老師約會的地點。到了現場，遠遠先看到了吳老師的車，意外的是他的身邊另外還有一個女人。吳老師向我們介紹，這是林博士，在某一方面是全球性的頂尖研究人士。我悄悄看一眼，覺得吳老師如果不是在騙人，便是太誇大了，還全球性咧，那有這樣年輕的頂尖人士呀，太年輕了啦，年輕總是給人難以信任其專業的感覺。

我注意到她手中捧著一個奇怪的東西，不時手舉過肩，放在耳朵和眼睛這一條線的高度，像在傾聽，也像在觀察。

他們兩人偶而交談一兩句，聲音不大，山上的風吹得更大，所以我們幾乎聽不見他們究竟說些什麼，就這樣持續著，反而讓我覺得有點兒無聊、無趣。我和田吉也只能交換著使用望遠鏡，百無聊籟的東看看西看看，但此時怎麼都看不到田吉所說的黑呼呼像一團柏油之物了。

倒是吳老師和她看得可專注極了，林博士偶而也會將手上的東西交到吳老師手上，讓他「感覺」一下。看兩人對手上物的興致，我真想也借來玩玩看其中究竟有什麼好玩之處，但我沒敢說出口。

大約待了一個多小時，然後，兩人像是準備下山了，這時才轉身和我們談話。

「林博士是專門鑽研非地球生命體的專家，她覺得今天真是收穫匪淺，要向你們二位深深致謝。」

林博士此時也開了口，原來她講的是英語，而且看來似乎不懂我們的國語，只能由吳老師代為翻譯。我只聽懂她說的英語裡頭有兩遍謝謝！謝謝！奇怪，在學校裡我們也上了兩年的英語，剛剛他們講的怎麼一句也聽不懂呀？

「林博士有看到非地球生命體了嗎？」田吉直接發問。

吳老師沒有直接回答，卻先提出了這樣的要求：「我昨天在上課時看到你們兩位，自始至終都沒有在學校裡公開說在這個地方看到了什麼，可見你們兩個都是很謹慎也很知道說話分寸的人，所以我可以坦白向你們說一些今天看到的。但因為這樣的事傳出去怕會引起不必要的恐慌或是不可預期或難以收拾的後果，我還是希望你們繼續保守這個祕密，你們可以答應嗎？」

我和田吉立刻點頭承諾。

「我告訴你們，這裡，真的有可能存在了非地球生命。或許你們所說的那顆隕石在墜地時，把那個生命體帶到了地球。」

哇！這太勁爆啦！「隕石在墜落時不是會引發高溫？還能有生命體存活在它上面嗎？」我們爭著問。

「有些生命體或許能存活於高溫的環境。」吳老師說：「但目前我們完全還不能下結論，這只是推測。或許無巧不巧的隕石墜落在這個高溫熔岩區，正是這個生物最適合的地方。」

「請問你們有看到非地球生命嗎？」

吳老師點點頭。

奇怪，我們用望遠鏡一直盯著，怎麼就是沒看到那團柏油怪物？

吳老師說：「這問題出在有許多生物都會隨著所處環境而變色，這東西也會變色。你們說的像一團柏油，只是那一剎那間出現的顏色，後來就變色了。事實上在地球上也有非常多會隨環境變色的動物，像變色龍、章魚……等等。」

原來如此！我們被那東西唬弄了。

「現在，他還在那裡嗎？你們看到他長什麼形狀呢？」

「牠一直都在那個位置。牠看來還真像是一隻大型的變形蟲」

「牠一直在改變形狀？」

「沒有一直改變，只是久久才稍微動了一下下。

吳老師和林博士要下山了，他們說，明天還要再來，或許要來上一段時間才能結束這段觀察行動。

果真，第二天林博士比我和田吉到得更早，她身邊換了一個人，也是講英語的，兩人見了我們只招招手算是打招呼，幸好不久吳老師也趕來了，要不然我們只能像面對外星人般和這兩人比手畫腳交談。

吳老師介紹這位新加入的觀察者，黃博士，也是地球外生命體研究權威，我的天，博士專家大集合了？

吳老師說，他們今天一早就已經到這兒，差不多已經觀察七個多小時了。我注意到在他們身前架著奇形怪狀的儀器，或許那便是觀察用的東西。偶然有遊客靠近過來，指指點點，看了或長或短的時間，因為實在看不出什麼，最後也一一無趣的離開。

老實說我也無趣呀，我覺得自己一個人在這山坡上欣賞煙霧裊裊，還不覺得無趣，現在竟然變了調。

在我們要回家之前，吳老師總算開了金口，告訴我們他們今天的觀察所得，看到了那個生命體幾次升高了自己的身體，把自己弄得好像一枝鉛筆。

接下來，這麼單調無趣的觀察繼續進行了將近一個月之後，有一天我放學和田吉依照往日默契前來，發現他們走了，儀器也撤了，山窪那兒空盪盪，莫非觀察已經結束？正在狐疑間，吳老師開車來了，他的口氣有點急，一下車就迫不及待說：「我特地趕來告訴你們二位的，今天有大事發生了！」

啊？

「那個東西逃出這裡了！」吳老師說：「林博士和黃博士擁有一種最新科技的生命體探測儀，可以像紅外線光般捕捉任何生命體的外形，無論他經過偽裝或是變色，透過這儀器的觀測絕對無從遁形。經過連續不停的觀察，我們發現這個外星生命體最近一直將身體抽得細長無比，高高的向上伸展，最初像鉛筆，後來像細鐵絲，在最頂端的一小節則彎曲九十度，看來像潛水艇的潛望鏡，三百六十度旋轉，就像是在觀察什麼，尋找什麼。然後，明明昨天還在那個位置，今天再來，居然不見了。」

「是躲到熔岩的更深處去了嗎？」田吉問。

「這兩位學者擁有的觀察探測設備，可以捕捉周圍直徑五公里、深達地下兩百公尺的區域之生命動態，而且還可以追蹤。但今天早上他們發現這個生命體已經逸出這個觀測範圍，兩人迅速展開追蹤，直到現在還是不知下落。」

哇，怎麼會發生這樣的事呀？如果吳老師早先推斷的不錯，那個東西是適合高溫環境的，離開這個環境，難道還能存活？

「這其實也只是我個人的推測。」吳老師說：「而且，如果那個生命體在這個高溫的環境中獲得恢復元氣，說不定已有足夠的力氣自行潛往想去的地方了。」

我想到先前他們說的，那個東西把身體變得像鉛筆、像鐵絲，拚命抽得高高的，並且朝四面八方觀測，說不定就是在尋找一個想去、可以去的地方。

我把這個想法告訴吳老師，吳老師一陣讚美，也告訴我，兩位專家就是朝這個方向思考、尋找去了。

我和田吉一時也不知該如何是好，吳老師安慰我們不要擔心，因為擔心也無濟於事。雖然我猜想他完全不知道接下來會發生什麼事，不擔心也難，但我倒也相信此刻只能沉著以對，擔心真的是無濟於事。

吳老師從他的手機中追蹤林博士二人的位置，這是他和林博士、黃博士之間特殊的聯絡方式，好讓彼此迅速知道所在位置。現在，兩位博士緩緩朝南而行，已經離開了這山窪約二十公里了。

吳老師答應一有消息便會在第一時間告訴我和田吉，這樣的承諾，讓我覺得非常的窩心，似乎他從開始到現在一直都沒有把我們當小孩。

我們在鄭重的勾勾手指頭之後分手。

3

以下的故事發展，是林博士告訴吳老師，再由吳老師轉述給我們聽的。

林博士和黃博士靠著人類最新科技研發出來的儀器努力追蹤那個隕石生物，追蹤時方知這所謂最高科技之產物依然非常不給力，多半他們都只能依靠判斷、依靠直覺而無法依靠儀器，儀器的追蹤功能實在太弱了。

由於這個追蹤器追的是DNA之濃淡及差異，勉強可以區別人類與非人類而具動物特徵之生物，這首次運用在那個隕石墜落點時，效果好得讓他們幾乎歡呼起來，或許那也是全世界科學家首次運用這組儀器成功進行實體測試，具有劃時代的重大意義。但人類與非人類呈現在儀器上的差異其實並不是很大，只要進入人煙稠密之處，畫面幾乎完全混成一團無法辨識，所以用來搜索、追蹤，非常的辛苦。

當他們發現一直匿棲在火山山窪的那個非地球生命體一夜之間已消失無蹤時，第一個想到的是牠已經離開這個地方，朝他處去了，因為探遍周圍，方圓幾十公里都沒有牠的存在跡象，這使兩人著急萬分，因為一個來路不明、一切都是未知之謎的生物，在地球環境中四處趴趴走，真是太讓人擔心了。

他們立刻撤下所有的監視裝置，一秒鐘也不停展開追蹤行動。

人類要逃離一個地方，絕大多數都會選擇利用道路，有車的選汽車可以通行之路，步行的利用步道小徑，但這個像變形蟲的東西，行動完全不受限制，無論什麼樣的環境都可以暢行而去，追蹤變得更加複雜。兩個人千辛萬苦開著車在群山中迴來繞去，幾乎繞遍整座山群，最後確定牠已經離開了這個山群，下山了。

他們繼續四面八方努力尋找，逐漸擴大搜索半徑，最後，在東南向約四十公里中有了發現，追蹤器響起尋標已獲的嗶嗶聲。

奔往現場，位置是一條河谷，跡象顯示目標可能就在河谷二十公里半徑之內，而且快速移動中。幸好河谷旁有公路可以開車，他們緊張的緊緊追逐不捨。

在一處山丘，牠消失了，在山丘的對向位置，訊號再度出現，顯然牠挑直線行動，遠比依靠汽車行走在彎彎曲曲公路上的人類高明。

如此日夜追逐，持續三天。

第四天的凌晨三點多，他們追到了距離出發點八十七公里的一座科園區中的一個工廠，地圖資料一對照，幾乎傻眼了，這是一家極其高端科技集團的總部，最近才以三年時間打造完成一顆命名為富維八號的衛星，說巧不巧，這顆衛星已經通過數不盡的測試，一切就緒，第二天便要直送機場，由專機運往兩萬公里外的一座衛星發射中心，打到太空去。

兩人的車停在工廠高聳的圍牆外，由於目標跡證完整明晰，完全可以確定牠就在這裡，兩人真是興奮已極，也忍不住揣測這位來自遠鄉的訪客，從地球的墜落點奔往八十七公里外的這個地方究竟目的何在？

他們監看著這位不速之客以完美的姿態直接潛入了工廠。有什麼比一條變形蟲更方便潛入呢？他們直接看到牠像逆流的水般流上圍牆，像章魚般悄然滑下，然後從密不透風的門下滑行而入，沒想到如此厚重精密的門竟也有縫，無法屏擋啊。

接下來，肉眼加儀器已無法直觀，完全依賴儀器追蹤了，幸好具有縱深透視定焦功能的螢幕上出現牠矯健的滑過走道，滑進一間秘室，天哪！那是重重深鎖、重重警衛的，藏置衛星的核心區，漂亮的富維八號衛星便安安穩穩的安放在中央台座上。

驚人的場面發生了，牠突然變了個形狀，不再像章魚，也不再像變形蟲，牠竟然在剎那間變成了一顆螺絲釘的模樣，直接鑲附在富維八號衛星的外殼上。這個外殼原來有四顆長得一模一樣的螺絲釘，悄悄加上牠這一顆，外觀幾乎沒法察覺，老天，牠把自己變成一顆螺絲釘了！

林博士和黃博士在車上全神貫注於螢幕，從螢幕上全程目睹這一幕，震驚不已。也終於明白這個東西從讓牠舒適的火山窪地奔往這座工廠而來的目的了。原來，想回太空，最可靠也可能是唯一的途徑，便是棲附在衛星上，隨載運火箭而行！

兩人交換了看法，最後決定就此結束這趟奇妙的追蹤之旅。無論如何，讓這個從外太空來的訪客有了重返外太空的機會何嘗不是最完美的結局，何況這條路還是牠自己找的。如果橫加阻止，留牠在地球上其實也未必是好事呀。

只是，富維八號衛星做為牠借用一程的一個載具或許還可以，這位搭便車的客人，可千萬謹守搭便車的禮貌和規矩，不要隨便攪動了便車才好。事到如今，兩人也只好祈禱老天保佑了。

後言：

由國人自製的富維八號衛星順利升空，圓滿進入預定軌道，發射成功！只是，當它要展開被賦予的任務時，突然出現不明故障，整整十七天經過地面遙控人員百般努力都無法排除。沒想到第十八天它忽然又自動恢復正常，現在一切運作都已完美無比，讓全體參與的人員鬆了一口氣。

這神祕而無法解釋的十七天，或許全世界中只有黃博士、林博士、吳老師、田吉和我知道真正的原因。現在你讀完了，你也知道了。

剝皮樹上一層皮

剝皮樹上有一層又一層皮，一共有一千層，所以她有另外一個名字，叫做白千層。

剝皮樹上每一層皮看來都是白白的，其實可不是，只要把它泡在一種特調的蜂蜜水裡24小時，白色的樹皮上面就會露出密麻麻的紋路。事實上那不是普通的紋路，而是記載許多大事小事的歷史故事書。

每一層皮，記著一整天發生的事，當一千天過去，一棵剝皮樹也就完成了她的任務，樹皮就被細心取下，送進圖書館保存起來，變成一本歷史課本，然後換另一棵上場。

我是一位樹皮歷史解讀專家，有一天，我在路上散步，忽然看到一個白白的東西，仔細一看，嘿！那竟是一張剝皮樹的皮，究竟被那隻貪玩的松鼠剝下來的呀？

好奇之下，我把這一塊樹皮帶回家，泡在蜂蜜水裡24小時，解讀了這一頁非常有趣的歷史。

現在大家就來讀讀這一天發生了什麼事吧！

※　※　※

一大早，動物森林就在召開一場緊急會議，他們決定組織一個道賀團，去向他們長久以來的好朋友道賀。

他們的好朋友便是人類。自從人類通過和萬物和平相處，共同享用地球資源的公約之後，人類就變成了所有的動物和植物的好朋友。

孔雀主席首先報告開會的原因：

「我們最好的朋友人類已經整整五十二年之久沒有產生過一個新生人，沒想到前幾天竟然誕生了一個小嬰兒。今天我們將在這個會議中選派代表，組織一支致賀團，去向他們道賀。」

猴子懷疑的說，他昨天才從人類的一座大城市撿了一些「過期食品」回來，在城市裡頭待了好久，卻沒聽到有人說。

浣熊說，這事不能弄錯，萬一消息不正確，表錯了情，不但鬧了笑話，還會傷了朋友的心。

狐狸卻用非常肯定的口吻說，就在昨天下午，當猴子忙著從人類的城市揀過期蘋果和番茄時，他也來到了那座城市，只是猴子沒有看到他。

他來城市的原因是他聽到了叮叮噹噹的鐵錘敲打聲。那一座城市住著一位鐵匠，今年五十二歲，他記得非常的清楚，因為這位鐵匠正是五十二年前人類獲得凍齡科技之後的最後一位自然娃娃。在他之後，人類就不曾再生育過任何一位小寶寶了。

許久以來人類也不再使用鐵錘之類的工具做東西，所有的東西都是機器做出來的，只要按個按鍵，東西便在傾刻間自動製造完成，所以他好奇的詢問鐵匠究竟在幹什麼。鐵匠抬起頭，挺起胸膛，驕傲的說，他正在打造一架嬰兒車。

「你們人類早已不再生小娃娃了，沒有嬰兒，幹嘛還需要嬰兒車？」

鐵匠說，就在三天之前，有一個家庭，誕生了一個小嬰兒，這是全人類社會五十多年來最大的消息，大家都分頭進行準備各種迎新工作。而由於他小時候曾經睡過嬰兒車的記憶猶新，還記得嬰兒車的模樣，所以獲得指派，負責手工打造一架嬰兒車。

狐狸的話讓動物們歡呼起來。朋友家的好消息，就是自己家的好消息，真是太令大家高興啦。動物們個個都爭著要參加這個祝賀團，孔雀主席要所有想參加祝賀團的都到大象的鼻尖前方排成一排，等候選派。

就在大家搶著朝大象衝去時，樹梢上，一直挺挺站著的貓頭鷹突然大聲的喊了一聲：「且慢！」

鬧哄哄的場面瞬間安靜下來。

「關於人類世界的最新消息，各位只知道了一部分，而我，知道的是全部。」貓頭鷹緩緩開口：

「你們都知道自從五十多年前人類學會凍齡科技，讓每一個人都能停止老化，人人都可以長生不死，就再也沒有產生過一個嬰兒了。但是你們不知道的其實還非常多。

你們可知道人類世界中那位查得周先生嗎？

查得周先生，是人類社會一位超群的科學、生物學、生命學專家，他的智慧幾乎無人能比。

五十多年前，查得周先生突破了凍齡技術，讓每一個人都獲得長生不老的能力，再也無懼老死。可是你們知道他為什麼要窮畢生之力做這一項研究呢？

這就是問題的根本，因為，當時的人類社會，不知中了什麼邪，大家都不想生孩子了！

大家不想生小孩，整個人類世界中兒童越來越少，人們寧可養一隻小貓小狗也不想養孩子，於是賣兒童衣服、食物、用品的商店一家家關門倒閉。幼兒園也一家一家關了門，緊接著是小學、中學、大學，所有的學校因為都沒有新的學生進來就學，統統關門。

但是人類還是沒有感受到這個社會已經逐漸變成老人的世界，而且當老人凋零，人類甚至就要滅亡的問題。查得周先生只好以凍齡科技來拯救人類免於滅絕。

所以，人類沒有嬰幼兒產出根本就是他們自己造成的！

就在前些天，人類這一個五十二年來第一個新寶寶降生的前一天，我飛到查得周先生研究室的屋簷上，我想聽聽這位人間最偉大的科學家有沒有因為即將到來的好消息而歡呼，結果，我看到了震驚的一幕，天哪！查得周先生竟然把他的研究室放了火，燒了！

熊熊烈焰瞬間衝得半天高，嚇得我急忙飛走，雖然人類的滅火兵團很快趕來把火撲熄，但研究室已付之一炬。

研究室裡的凍齡科技及全部的成品，就這麼從人間消失。」

哇！全場動物個個都張大了嘴巴，真沒想到人類社會出了這麼大的事了。那麼，接下來祝賀團還要不要前往人類社會去表達致賀之意呢？

人類世界出現了五十二年來第一位嬰兒，當然是天大的好消息，可是人類社會也在一夜之間，失去了五十二年來藉以長生不死的科技，這，無論如何也不會是好消息吧？

孔雀主席陷入了深思。

現場動物朋友們也不知該如何面對這個複雜的題目，幸好過了一些時間，沉靜終於被一陣聲響打破。

馬蹄聲由遠而近，是馬來啦。

衝到會場時，馬還從鼻孔中噴著熱氣，可見他跑得有多快，多急！

「但願會議還沒散，我還來得及！我有關於人類朋友的最新消息，請容我報告。」

「該不會是有關五十二年來第一位人類娃娃誕生的消息吧？我們都知道了。」老虎說。

「比這還新！」

「是人類的凍齡科技被燒掉了的事嗎？」猴子插嘴。

「更新！更新！」

馬稍稍再喘了一口氣後，開始報告。他說，人類社會隨著查得周先生那一把火起了非常大的變化。就在火焚研究室之後，他們緊急召開了一個有史以來規模最大層級也最高的高峰會議，嚴肅的討論隨著凍齡科技的喪失，人類面臨滅絕的議題。

這場高峰會議全程實況轉播，所以他才有機會在一家商店的騎樓上看到大螢幕轉播的會議全程。

「結論是，人類終於省悟到生育幼兒是一種對於族群的責任，對於世界的責任，而不能每個人都只顧貪圖日子過得輕鬆自在想不生就不生。當高峰會議最後要告一段落時，會議現場還轉播了五十二年來再次出現的小貝比的誕生實況，天哪，那是多麼美麗、多麼美好、多麼奇妙的一個新生命呀！當螢幕上出現這個紅通通的小娃娃，伸直了手，脹紅了臉，一個笑臉，一個哭臉，一舉一動，無不牽引了大家的心，我甚至看到好多人在螢幕前感動得當場流下淚來，激動得當街擁抱起來。不待高峰會議的主席宣布會議結束，我聽到人們的歡呼聲，眾口一詞的嚷著：我們要生一個寶寶！為了地球，為了人類，為了愛！

我看到的就是這樣的場面，這場面多麼令人感動呀！差些連我自己也馬臉掛淚呢！」

馬說完了，站在他身邊的猴子發現他的馬臉上果真已經閃著淚光。回頭看孔雀主席，只見她嘴裡喃喃自語：「真好，真好……」眼眶裡竟也有淚水在打轉。

大家不必再討論要不要組織祝賀團的事了，當然要祝賀啊，不但要組團，而且規模要無限之大。為了地球，為了人類，為了愛！

動物森林的緊急會議就此結束，大家分頭準備道賀的事去了。

※　※　※

讀完了這一頁歷史，我感到既震驚，又慶幸，總算那一段離奇的時代已經成為過去，現在，人類世界的一切早已恢復正常了。

劫鏢

星海中依巡航速度高速前行的運補艦台星926號，離目標只剩最後的5光年之距。

輪到這段旅程的值星艦長莫非凡雖將全艦置於全自動運行狀態，卻仍然不敢分心，最新的情資顯示，最後的5到2光年這一段路不是很乾淨，全艦安危繫於他一人身上，他不敢掉以輕心。

1

莫非凡接棒任值星艦長只地球時間第33小時，除了休息時喚醒值星副艦長孟堯接手，其餘都由他親自負責掌控，並非他不信任孟堯，他深知孟堯年紀雖輕，卻是負責而可靠的副手，他之所以親自操作，除了情資報告上讓他不得不提高警覺的訊息，另外還有一個私人因素，這是一段教他永難忘懷的路段，他要親自體驗，親自感受。

時間往前推，上一趟前往晶星運補已是地球時間三年前的事了。同樣也是這艘台星926號太空運補艦，同樣也執行前往晶星之補給任務，他的女友娟娟擔任的是第七段航程的座艙長，在全艦乘員皆靜置休眠艙，只有她和少數輪值人員被喚醒而在各自崗位上執行職務時，離奇失蹤了。

整架運補艦密不透風，每一艙間各有專責，監視系統更是無處不在，而她卻從艦上消失無蹤。

在外太空常有玄奇事，太空人突生怪病、突然陷入歇斯底里瘋狂狀態、突然幻視幻聽、語無倫次都非罕見，在航程中離奇失去蹤影也不是第一次，國際上發表的相關紀錄至少從2300年到2315年的15年間，不明原因消失者就達22人之多，還不包括有些未經公開者。娟娟失蹤雖然也依程序列入調查，最後還是不了了之。莫非凡心知肚明這樣的調查查也查不出結果，卻在心中痛楚不已，在這個世界上，那怕在這個宇宙中，娟娟是他無法忘懷，也無人得以取代的摯愛。

這一趟航程，他主動要求值勤這一段，這是航抵目標前最重要的一個階段，圈內人稱之為星空百慕達，發生的玄奇事件密度奇高，也因航程已近尾聲，要下達的指令和必須執行的任務超多，通常總部都會特別選擇全艦中最優秀者執勤，莫非凡勇於承擔艱鉅挑戰而又資歷完整，一申請便獲准，他也了解，當年娟娟也是如此。娟娟集智慧、勇氣與才氣於一身，是全球頂尖太空人之一，莫非凡此時想著她的好，也咀嚼著她走過的路，他想，此刻所看到的景象，所通過的空間，三年前娟娟也看到了，走過了。太空人常常將心中某一個人移情於星空中某一顆星星，莫非凡盯著座標77495－55112一顆碧綠色的星星看，專注得彷彿娟娟正是那顆閃亮之星。

回神，掃描全艦狀態，這是每隔地球時間十分鐘便要重複做一遍的作業，地上十分鐘，太空已是千萬里！

剎那間驚覺，艦上第九隔艙影像短暫失明。

雖只一個短短時間的失明，他不敢輕忽。

開啟九艙全景顯示器，仔細監看，乍看並無任何異樣。

旋轉鏡頭方向，五部不同位置的鏡頭同時啟動用以提供3D全景，卻也沒有任何可疑之處。

莫非凡試著把九艙的影像倒轉，回到剛才短暫失明的一段，一格格定格、檢查。這是他有一次在太空訓練中心複訓時學到的警覺心：不放過任何疑點，因為疑點往往就是釀成大事件的地方，只要有一絲可疑，是絕對要詳查的。

定格倒帶，啊！這是什麼？

短暫失明的片刻，不過只地球時間一秒鐘，有如一眨眼，卻隱藏了驚人的東西，倒帶定格檢查中發現九艙出現了不該出現之物，那異物，在這短短時間裡頭對監視器動了手腳，表面上監視器只瞬間失靈失明，旋即恢復運作，事實上卻是在那短暫時間被換上了早先原有的影像紀錄，從中央控制艙看到的影像，其實是之前某段時間錄下的！

天呀，出狀況了，有人闖入第九艙了！而且看來絕對不是地球人。

莫非凡立即叫喚休息中的孟堯值星副艦長接手航程運作，同時按下警戒監管處通告鈕，通令值勤警戒監管組立刻進入警戒狀態。

2

果真出現了！

宇航情資訊息中記載，這一段空域不是很乾淨，懷疑潛藏有伏擊者。

記載不是很清楚，只有短短這幾個字，卻叫通行這個空域的宇航人員個個提心吊膽。

潛藏著伏擊者的意思是什麼呢？

雖說人類已能縱橫星系，往返自如，也克服了時間、空間之旅中人體老化的難題，對於浩瀚太空卻越是鑽研越是自卑，尤其越是頂尖科研者、老經驗宇航任務執行者就越是心虛，因為發現人類實在太渺小，所知實在太有限。

就以這一個區域而言，軌道尚未穩定的小行星、碎星體四處橫行，有如大洋中星羅棋佈的島群暗礁，航行其間難度極其之高，若非仰賴巡航老手高超的駕馭技巧和十足的經驗，以及人類航太新科技的屢屢突破、運用，是絕對沒有任何國家膽敢闖蕩其中的。

莫非凡忽然想起了人類歷史記載中，一些島嶼特多的海洋，往往正是海盜橫行之地，倒沒想到時光已來到了2300年代，空間更擴展到了以數十光年、數百光年為計算單位的寬闊無垠，還是有「伏擊者」傳聞及警告，這真是匪夷所思啊！

但此時也不容他再分心玄想，他必須立刻下達指令，面對9艙事件。

將全艦交由副值星艦長孟堯負責駕駛後，他立刻視訊警戒監管組全員，完成監管組全員任務分派。而為了提防問題太過嚴重，並通令喚醒部喚醒警戒監管預備隊，增加必要的人力部署。

第一小隊由他自己帶領，奔向九艙。

第二小隊嚴查本艦內部各艙間。

第三小隊嚴查本艦艦體外部，以Y光譜清查有無不明附著物。

第四小隊備妥必要防衛及殲擊武器，隨時聽候召喚支援。

這樣的任務分派，幾乎等同進入一級警戒狀態，警戒監管組一點也不敢大意，立刻各就各位，依指示進入各自的任務區，預備隊人員也迅速完成待命準備。

莫非凡率領著第一小隊抵達九艙，但他並未立刻進入艙間，連門都不開啟，而是透過艙壁視窗先行監看內部。

內部一如平常之安靜。

他取出N光譜掃描槍，透過艙壁視窗掃視內部，沒有異常。

再取出另一把掃描槍，Y光譜槍，再一次掃視全艙。

找到了！

在Y光譜照射下，9艙中有一群黏稠狀黑色物，看似一尾長蛇，卻又是一隻一隻個別分離之物，彼此黏結，形成一條長長的鏈狀體。9艙是蛋白質食品第二儲存艙，滿載大量的雞、牛、豬、羊肉之壓縮製品，是晶星上頭的地球實驗移民盼望的來自地球之美食。而此刻，艙內這群異形，正以奇怪的運送方式將之源源運走。

他們一隻緊接一隻打造成一條長鏈，最前頭的那一隻黏貼在食物箱上，舌捲般將食物箱席捲在身，朝後仰翻滾行，第二隻緊接其後，整個群體就像一列火車，以身體為運輸載具，快速搬運著。

搬往何處呢？長長的鏈結尾端通往一個長長管道，不對呀，九艙那有這麼大的空間容納這個管道？竟是９２６運補艦的艦身出現一個通道，直接延伸到艦外去了！

第三小隊的小隊長即時報告他們這個小隊檢查艦體外部，同樣的以Ｙ光譜發現了驚人的事：一條像是超級巨大水蛭的物體，不知何時悄然牢牢黏附在９２６運補艦的艦壁上，和運補艦同步飛行。

原來這群不明生物，在運補艦體上弄出一個通道，偷偷潛進運補艦偷竊運補物資！這真是大大教人吃驚之事，天體中竟有海盜公然存在，而且找上他們啦。

這一群太空海盜的科技水平不低，竟然可以隱身隱形，不但自己能夠完全隱形，連他們的乘坐載具都可以整個隱形，避過人類肉眼，避過人類聲波光波電波三維雷達偵測，神不知鬼不覺跟飛、偷竊，甚至還可以在運補艦上弄出通道，將有形有體有重量有質量的運補物資源源盜走！

第一小隊目睹了這驚人的一幕，個個無不驚呆。小隊長等待莫非凡值星艦長指示應付之下一步，是發動攻擊一舉將之殲滅？還是進行圍補？或是驅離了事？

莫非凡還沒下達命令，突然間他的Y光譜槍掃向某一個方向之後，整個人像受到了電擊般震顫了一下。

大家齊向那個方向看去，頓時也都嚇住了。

在那個方向，通道有一個相對稍微寬敞的小空間，兩隻噁心的異形生物分立左右，中央坐著一個人類，年輕女性。這個人莫非凡當然認得，正是失蹤了人類時間整整三年的娟娟。

看那包挾的態勢，很顯然的是秦娟娟被這群怪物挾持了。

3

「第一小隊進入9艙強力攻堅，小隊長負責指揮攻擊任務。第三小隊突擊吸附在本艦上的異形物飛行載具，第二小隊防範任何試圖逃逸者，在我喊出開始行動後展開。預備！」

莫非凡預備一聲才出口，第一小隊長衝向前大喊：「且慢！」

莫非凡掃視他一眼：「何事？」

「報告艦長，我們非得先搶救秦座艙長不可，她在那裡，她顯然已被挾持了。」第一小隊長著急得幾近嘶吼請求：「這個任務請交給我，我必能完成！」

莫非凡給了他一個感激的眼光，堅定而且堅決回答：「謝謝！你務必完整執行方才我所交付的任務。秦座艙長的搶救任務由我來！」

預料這一批擁有某種程度高科技的異形物種，無論其攻擊或防禦能力必然不低，因而大家都不敢掉以輕心。

沒想到三小隊首傳捷報，以迅雷不及掩耳之姿發動雷霆攻擊，鎖定那具有如水蛭的大型載具，直接發射高單位電磁炮，第一擊即徹底將之摧毀。

第一小隊攻堅行動相對困難太多，投鼠忌器必須避免使用的火器造成艦體本身太大損傷，只能以小劑量武器逐一攻擊。而莫非凡的行動亦復如此，在非得確保秦娟娟絕對安全之下，首先必須殲滅在她左右的兩隻怪生物，不料當莫非凡奔向她時，兩隻異形怪物突然鏈結成一體，並將秦娟娟包挾在裡頭，緊接著又源源流洩進來更多隻怪生物，使包挾的厚度更增加不少。莫非凡不敢使用火器，掏出利刃衝上去，朝異物身上狠狠劃下，卻發現牠們的軀體其軟如綿，其狀似水，利刃切下去有如切進水中，完全使不上力。

而且，濃稠黏膩的異形生物還朝他而來，試圖也將他包覆住。但這個艦長可不是幹假的，千錘百煉的訓練讓他毫不猶疑立刻拔出兩把佩槍中的電磁槍，果真選對了有效攻擊武器，足供精準打擊而不誤傷他人。第一小隊在試圖趕來支援時發現了正確武器，拋下雷射槍改換電磁槍，行動證明確是有效。

這一切，孟堯副艦長一一看在眼裡，看得驚心動魄，卻臨危不亂，繼續保持航行穩定前進，事件完結，他有如上了一堂震撼感十足的課。

4

在奔往晶星的最後旅程，全艦乘員分批被喚醒準備登陸，旅途中發生的這一起驚濤駭浪的突發行動，九成乘員竟因熟睡都仍渾然不知。只知道登陸比原定時間晚了地球時間22分鐘之久，以及艦上乘員比出發時多了一人。那位離奇失蹤已達地球時間三年的秦娟娟座艙長居然得以無恙安返艦上，整個離奇的經過透過值星紀錄報告，讓大家震驚而情不自禁齊聲歡呼。

果真距晶星5到2光年這一段路不是很乾淨，情資不假！而今莫非凡艦長將在任務結束之後，為這段情資報告增加上詳細的最新一頁了。

河童的故事

1　有河童嗎？

寒假我回東部探望高齡的外婆，在外婆家住了三天，小外甥毅毅一直黏著我，幾度欲語還休，直到我要離開的最後一個下午才悄悄問我一句話：「姑姑，妳認為台灣有河童嗎？」

河童？日本的民間傳說之物，即使在日本都只是傳說，台灣可能有嗎？我好奇他何以有此一問。

「你覺得有沒有？莫非你看過了？」

我只是輕鬆反問，他卻神情嚴肅起來，先是緊緊閉嘴不答，良久才喃喃囁嚅：「我告訴妳河童的事，可是妳一定要發誓，絕對不准講出去。」

我被他的表情弄得暗暗一驚，立刻鄭重點頭答應。

於是我聽到了教我也覺驚奇之事：

那天，我放學時走了一條比較少走的路，那就是姑姑妳曾經帶我走過的茄苳溪橋那一條，妳還記得嗎？

我只是臨時想走，回家的路有許多條，我喜歡換著走，看新鮮的東西。茄苳溪橋那條路好久沒走，一時興起就在轉彎處轉了進去。

那條路平常可以說根本沒人走，住在那裡的幾戶人家都搬走啦，房子空在那裡，雜草長滿了曬穀場，整條路也因為竹子和雜草長多了變得好窄，風景是不錯，只是有點兒恐怖的感覺，如果天更黑了我是絕不敢走的。

那條老老舊舊的茄苳溪橋，橋上的水泥欄杆坍了幾根，我走過時，原想看看橋下河灘有沒有烏龜爬在上面，好久以前我有一次過橋還看到三隻烏龜，但這次沒有烏龜，卻看到了一個河童。

我絕對相信那是河童，而且，他自己也說自己是河童！

2

「他自己也說自己是河童？他會說話嗎？」

「會！」

「那應該是人吧？」

「不可能是人。」毅毅堅決無比，同時要我別插嘴，接著繼續說：

他長得有點兒像一頭動物園裡的小隻猩猩，或許更像一隻無尾熊，卻又都不是，他大約只有板凳這麼高，全身長著棕色和藍色混合顏色的毛，眼睛更詭異，白眼球是琥珀色，眼珠的部位是藍色，像海那麼深的深藍色。他只有兩隻短短的腳，卻和人一樣有兩隻手。

我在腦海裡勾勒著毅毅形容的畫面，越講越離奇，畫面也越是神奇，簡直是一隻怪物了，何況還會講話？

毅毅一點兒也不像和我開玩笑，我一面繼續聽，一面試著分析這究竟是怎麼一回事。

我從橋上看到了他，以為是一隻猴子，心想猴子怎麼從後山跑到村裡來了，好奇的從橋頭的駁崁小心溜滑下去想看個究竟，發現他像人一樣用兩隻腳站著，呆呆的看著我，那幅模樣把我嚇壞了。

接下來，他竟開口對我說話。

他說：你會傷害我嗎？求求你不要傷害我。

口氣讓人可憐又同情，我好奇心大起，膽子大起來：「你是誰？你怎麼會講話？」

他說，他也不知道自己是誰，更不曉得為什麼會和人講話。

「你是人嗎？」我問，好擔心他說他不是人，是鬼，那我會嚇死過去。

「我是人，我想我是人。」他說。

「人怎麼長這個樣子？」

「我真的不知道為什麼。」

我想他應該是一個畸型人，長得奇怪，就被家人拋棄了吧。人們常常把家裡養的老狗或病貓拋棄掉，讓牠們成為流浪狗、流浪貓，我聽說古時候有些人家生下了四肢不全或是智商不足的孩子，也會把他們丟到野外任由他們自生自滅，或許眼前這個就是一個怪胎，被拋棄了。這樣一想不再害怕了，反而生出了一股同情心。

他說他就住在這裡，有很長一段時間了，餓了就抓魚吃、或是採一些水草、岸邊植物的嫩葉、果實吃，這好像是書上寫的河童嘛，於是我問他，是不是一個河童，他點點頭，原來竟是一個河童，早說嘛，害我猜半天。

那以後我們成了朋友。由於他千拜託萬拜託請我別把他的事傳出去，因此我成了他的祕密朋友，除了妳之外，全世界我沒告訴其他任何一人。

我很感謝毅毅如此信賴我，願意和我分享他這個神奇的祕密，但我卻在心裡起了大大的疑惑，這世界真有河童嗎？毅毅究竟看到的是什麼？

為了解開我心中的謎團，我掰了一個理由，決定在外婆家多待幾天，不明就裡的外婆開心得眼睛笑成了兩條縫。平常我住台北，學校綁得我死死的，也只能利用寒暑假匆匆來一趟外婆家住個兩三天陪陪老人家。

3

我還真是迫不及待想要一解河童之謎，而毅毅則是因為把祕密偷偷告訴了我，不再獨自悶在心中而眉開眼笑，我們第二天一大早就騎了單車，往茄苳溪橋而去。

茄苳溪橋並不是通往國小的捷徑，反而是繞了稍遠的路，我們家這個毅毅唸小五了，還是蠻頑皮的呀！如果他的童年是在大都市裡成長可能就沒有辦法天天徜徉在大自然的懷抱裡了，說來這種鄉下孩子的快樂，也算得上是一種特別的福利和犒賞吧。

這條橋我也熟，窄窄的只容一輛小車通行，如果有兩輛車要交會，就必須有一輛在一頭先讓一讓，幸好這麼偏遠鄉區，這條橋、這條路，恐怕一年也難得有一輛車通過。

橋已十分老舊，比我上次來散步時顯得更老更舊了。上次來，說不定已有三年之久。

橋上欄柱坍了好大一段，毅毅指著坍處，小聲告訴我，他就是在這裡發現河童的。他把聲音放小，我曉得他怕河童不高興他違背了不告訴別人的承諾，他一再要求我絕對要當做只是隨意路過，完全沒聽過有河童的事。

我從橋上悄悄觀看橋下，雜草長得比人還高，除了幾隻棲在那兒的白鷺鷥，沒有看到什麼其他的動物。

過了橋，繼續朝前騎了至少一百公尺遠，毅毅要我把單車停好，躲在路旁樹下，看他的手勢，如果他招手，我才可以靠近過去。這孩子可還真是心思周密啊！

我看他朝回騎，到了橋前，把單車朝地上一擺平，身手俐落的從駁崁下了橋，很快身子就隱沒在我視野未及之處。

我靜靜等候。

大約十幾分鐘之後，遠處一條橫走的小路，緩緩路過一輛白色廂型車，難得一見的大型廂型車。

又候了約二十分鐘或半小時之久，毅毅才從駁崁下冒出頭，走向他的單車，沒有招手要我過去，而是騎車朝我而來。

一整張臉上寫滿了失望的表情。

「姑姑，不見了！」他說：「河童不見了。」

「大概是覓食去了吧。」我安慰他：「既然是動物，也是要找食物的。」

他搖頭：「不可能啦，我看到他至少也有一個月了，天天他都在這個地方，沒有離開過這條橋。」

「或許離開橋稍微遠一點而已。」

「我找了好遠，上游下游都找遍了。」難怪下去那麼久，我提議：「你介意我也下去一起找嗎？」

他想了一下，最後點點頭，告訴我：「河童那麼善良，你是我姑姑，他應該也不會介意我帶了妳來。」

於是我們雙雙下橋。

草和蔓藤縱橫，我真該穿牛仔褲才對，竟穿了奶油色白亮亮的洋裝，這下不髒也怪，後悔也來不及啦。

卵石累累，沒有石頭之處潮濕而又泥濘，非常難走。

毅毅指出河童常常待著的位置，果真有一塊草地，草上有被踩踏或躺臥的樣子，從那個位置上的痕跡看來，河童的身體應該比一條大型狗小很多，毅毅說有點兒像隻小猩猩，或像是隻無尾熊，以那樣的體型倒是十分吻合現場。但此時那個位置上面沒有任何東西。

我們沿著河床繼續找下去，下游河面比上游稍微寬些，水流平緩而不像上游那樣有些湍急。河床並非難走，河岸都是相思樹、苦楝樹和朴樹之類的樹叢，及許多蔓藤，河灘上則是一叢叢的五節芒叢林，密處幾乎難以通過。

找得滿頭大汗，毅毅難免擔心，老是回頭看我跟上沒。

有烏鴉掠過頭頂，發出刺耳的聒噪聲，聽來就像在大聲嘲笑我們的哈哈笑聲，最後我們終於決定放棄。

我們爬上駁崁，騎上單車，看一下表，竟已在橋下找了快要兩小時。

4

我們來到了毅毅的學校。

由於人口大量外流，學校年年減班，每一年級只剩下一個班，每一班只有三、五個人，毅毅的五年級班是全校最大一班，一共有九個同學，而二年級班只有兩個人讀。

學校小是小，校舍倒建得樣式新穎、乾淨明亮。我透過窗戶看進去，每個班都有觸控螢幕設備，簡直一點也不比城市學校差啊。

我們坐在升旗台的台階上繼續談河童，卻因沒能目睹，談得他一直唉歎，最後還神色正經八百的問我：「姑姑，妳該不會懷疑我騙了妳吧？」

「我發誓我從沒懷疑過你半秒鐘。」我也神色認真的回答：「河童又不是你養在家的寵物，當然會到處活動呀。」

我望著天際遠方，思考著許多複雜的事，告訴他，世界上有沒有河童是一個謎，而我想到的卻是，這或許不是一個河童，而是一個另有來歷的異形動物。

「異形動物？」他瞪大雙眼：「難道是ET？」

「未必是ET，也未必不是ET。」我想起了前幾天才在報上讀到的一篇科學訊息說：「搞不好是基改物種！」

「基改物種？」他大大驚奇：「基因改造產生出來的河童？」

「我只是亂猜啦。」我胡亂思索著我有限的科普知識，試圖尋找一個解答：或許也可能是大自然某種不曾被人發現過的新物種，或許是某種動物的混合雜交生物……，可是，毅毅說他還會講人類的話，這未免也太玄奇了，這教人百思不得其解。

毅毅非常沮喪，像一個漏了氣的皮球。

那天回家的路上，我一直想找聊天的話題，卻有些詞窮而不知該說些什麼，我們就各自默默的騎著腳踏車回到家。

第二天，毅毅一大早獨自出門，沒邀我同行也沒告訴我要去那裡。我想都不用想就直覺認定他是再度去了茄苳溪橋。大約出門兩個多小時我才覺得有點兒不放心，也跨上單車，朝茄苳溪橋的方向而去。

快到橋了，遠遠的忽然看到左前方遠處一輛白色廂型車，那是幾天前才看到的同一輛車，這種車的形狀蠻特殊的，一看便知是同一輛。

車不稀奇，倒是看到了車旁一個大人和一個小孩的身影正在手勢誇張的交談些什麼。是毅毅，和一個全身穿白色衣褲且還戴著白帽子的人大聲談話。

我立刻加快速度朝前而去，果真，毅毅正和那個人爭執著，他見了我喜出望外有如見了救星。

「姑姑，他不讓我走這條路！」

「為什麼？」

那個人朝我開口：「因為有重要的事而將這路封鎖了。」

「封鎖？」我不由得生了氣：「你隨便在這裡一站，就說把路封鎖了？你有什麼理由？你憑什麼權力？」

「小姐，有話好說，妳不要生氣。」那位白衣人語氣平和的說：「我們正在執行一個重要的任務，帶著危險性，小弟弟硬是要闖，我們怕他發生危險，把他暫時檔一下，請他繞個路走，這也是為了他好。」

什麼重要的任務？我的眼光朝附近掃射過去，發現除他之外，另外還有三、四個一樣穿著的人，散立在田野裡一處樹叢週邊。

毅毅氣急敗壞的說：「姑姑，他們帶著奇怪的武器，好像要傷害我們這兒的鳥類，或樹上的什麼，我要靠過去看究竟要幹什麼，他們硬是要架住我，就是他，就是這個人，還想強行抓住我。」

我想朝路旁的稻田而行，這路旁雖是稻田，卻因廢耕，變成了草田。草田遠處，那些人正持著圓筒狀物，包圍著一棵樹，高舉，做瞄準狀。

朝瞄準方向看，樹上竟有一隻像是動物的東西。

遠遠看去，大約只一顆籃球大小，看來像是有頭、有手，有腳。

路上這個白衣人立即攔住了我，不准我下到田裡去，我努力掙脫他的糾纏，毅毅趁著亂一下子朝那樹叢方向衝了過去。

樹叢方向忽然傳出一聲尖銳的聲音：不要殺我！

不要殺我，求求你們不要殺我！

聲音才傳出來，四個圍住那樹上動物的人一起舉起手上長筒，只見四道藍色光束朝目標一齊射出，慘叫聲中，樹梢已空無一物，那東西消失了。

毅毅衝在我的前頭，一直高喊不要！不要，我也掙脫了糾纏而下到田地，但一切都已來不及了，樹上的動物不見了，那淒厲的不要殺我尖叫聲也不再出現了。

樹上那不明之物，明明白白發出了不要殺我！不要殺我，求求你們不要殺我！

這一幕教我為之驚心動魄，毅毅也完全呆掉了。而那四名「兇手」似乎已經結束任務，和待在車旁剛剛一直攔阻我們的另一人迅速登車，匆匆離去。

我和毅毅奔往那樹下試圖尋找可有留下了什麼殘屍碎跡，樹下是雜草地，什麼也沒有，樹上也一樣只有枝葉隨風而動，彷彿剛剛那驚人的一幕不曾發生過。

我迫不及待問毅毅，剛剛那樹上被射中的東西，是不是就是他所見到的那個河童，他大力的搖搖頭，他說，那隻河童，比這一個身材大了很多，長相和顏色也不同，「唯一相同的是一樣會講人話。」

講人話？天哪，剛剛那尖銳的求救聲：不要殺我！不要殺我，求求你們不要殺我！就是由那隻奇怪的動物發出來的，他真的會講人話，使用人類的語言！

可歎對於他的求救，我和毅毅竟然完全沒能即時出手制止那一支神祕的白衣人毒辣的行兇行動，我感到自責而難過。

接下來我們勤於尋找河童，找遍附近方圓十公里範圍，再無河童身影。我們不知他是不是已經逃到遠方？或是也被這群兇手下了毒手？

5

在那輛白色廂型車匆匆駛離前，我慶幸我在匆忙中還是即時以手機拍下了車子的尾部，更高興的是照片居然還蠻清楚的，車牌號碼完整可見。

我一回到外婆家立刻把拍到的照片和我的奇遇私LINE給我的男朋友，他在一個司法檢調單位任職，我在多延長了一個星期的逗留之後回到台北，沒多所停留便和他會了面，他也詳細告訴我追查的結果。

他在同僚單位好友一同協助下迅速查出了這輛車的來歷，它隸屬於一個基改公司所有。這家公司堪稱當今世界上數一數二的基改頂尖高科技專業研發單位，世界級大獎得獎無數，公司近年還不斷網羅全球尖端基改專業人才加入，許多研發成果都獨步全球。

更進一步再往下調查，發現這家公司的確是有問題的公司，檢警調查單位也正在密切注意著他們近年來研發的一個新方向，而且已有證據顯示他們私下偷偷研發的標的，已經違背了基因改造工程倫理，竟是在實驗室透過某些特殊手法把人類基因轉植給動物胚胎，創造出具有人類若干智慧與特性的新物種，這是嚴重違法之事。檢調認為搜證已漸告成熟，正準備出手展開進一步的搜索行動，想必毅毅看到的河童，和我和毅毅同時目擊到的狙殺事件，和這個公司的研發有相當的關連。

我和我的男友研判分析，認為極可能有些新物種從他們的實驗室中逃逸了，公司緊急追捕並下令直接將之殲滅，以防機密外洩。如果這樣推斷屬實，毅毅發現的河童會講人話，並且具有人類的個性，以及那輛白色車的人圍捕另一個會講人話的動物並將之狙殺就有了合理的解釋。但這個世界上居然會出現具有人類思想，會講人類語言的生物，這還真是駭人聽聞之事，若非毅毅和我親見，我是絕不可能相信的。而且更重要的是這家公司的東部研發中心，就在茄苳溪橋上游約三十公里處，有強烈的地緣關係。

這家令人感到匪夷所思的公司我對之並無興趣，我也認為查究他們違法犯行是檢調單位的事，只是我對被圍捕並慘遭殺掉的那個躲在樹上的生物感到同情，那淒厲的求救聲「不要殺我！不要殺我，求求你們不要殺我！」一直縈迴耳畔，難以忘掉。

至於毅毅看到並與之相處好多天的那個河童，真正下落何在呢？我們完全不得而知，唯有寄予深深祝福，但願他已躲到一個更安全的地方，無憂無慮的活下去。

殺手

何必說什麼海誓與山盟
且傾聽萬籟為我們和鳴……

1

國家列為第一級絕對機密衛星的天河22號、天河29號，在短短24小時之中相繼失去聯絡，太空中心深入追查，有證據證明並非衛星機件或通聯系統故障，而是外力介入，甚至可能是遭到不明國家的殺手衛星惡意攻擊。

國家緊急徵召我回隊，說是要召開緊急對應會議，我按照指定時間匆匆回到隊部直奔會場，一進了會場才知道會議早已提前在兩小時之前開始，並已在我到達之前半小時結束，結論也有了，這個結論竟是要把我送上太空，直接監看、查究，找出衛星失聯原因，如果真有惡意殺手衛星存在於我方運行軌道圈內，必要時直接將之排除。

我已自太空中心退休達五年，雖然我知道自己擁有在這方面的能力和經驗，很可能確實就是當今執行這趟任務的不二人選，可是我已經是一個年滿五旬的老太空人了，我還能勝任嗎？……

2

我看著隊部接下來為我所做的任務簡報，及各國星域科學發展現況、實力評比、以及天河22號、天河29號可能失聯原因分析，心中百般思緒翻湧。身為一級宇航員我自有堅定的中心思想，但畢竟我只是一個平凡肉身之人，瑰麗無涯的外太空雖然能夠任我極目遨遊，我的肉身卻永遠端坐狹窄艙間，恰如我心之無垠無涯，卻只小如一個拳頭。我明白我只是平凡人，堅強英勇而背後仍有怯懦，大愛足以擁抱全人類，小愛卻只貪戀自己的家……。離職五年，我有了許多改變。

簡報再三喚醒我的愛國心、英雄魂，在國家急起直追要趕上世界第一流宇航大國、擠身太空盟主，不再屈居次等國度的今天，我方的科研結晶不容挑戰，更不容摧毀。而我即將接受的使命神聖，將是奠定國家不可輕侮、敵人不敢妄為的關鍵任務。

簡報結束，我到洗手間用冷水沖一下臉，還是說服了我自己，心中熱火隨之熊熊燃起，無比的豪情發自我心深處。我覺得我依然寶刀未老，必須而且也必然可以勝任這一趟任務的。

一切準備迅速就緒，我吻別熱愛的妻子和一雙兒女踏上征途。我明白此行充滿挑戰，但戰士沒有選擇戰場的權利。

如我方兩衛星確定已遭擊毀，在兩失事衛星空域高度中，每延緩3小時，其碎片將繞行地球6圈半，或是逸出軌道成為橫衝直撞的太空垃圾，散碎距離也將分布越廣而更加難以尋得，事不宜遲，我被決定4小時又15分鐘之後即行升空，升空前依例進入健檢及休息室進行最後準備。

我被交付的任務單純，只有三項：

Ⅰ.進入我方離失事空間最近距離的一座無人操作國家太空艙，儘速查出天河22號、天河29號兩衛星失聯原因，如係遭遇外力攻擊，尋求其殘跡並以太空臂挾取帶回太空中心處理。如無法直接挾取，則儘力尋獲殘跡，並以攝錄設備就近進行多角度拍攝、錄影，並直接將影像傳回地面，以供進一步研判。

Ⅱ.嚴格檢查該範圍內可能逼近的各國衛星，並一一判明其國籍、任務、功能。

Ⅲ.如發現可疑衛星並判別為惡意衛星，有可能為我方兩衛星之殺手者，直接將之摧毀。如僅為惡意衛星而無殺毀我方衛星之直接證據，即執行嚴密跟監。若可能造成我方衛星之威脅，程度達二級以上者，亦將之摧毀。否則即癱瘓其惡性功能，僅保留其其他功能。

出發時刻已到，睽違已久的倒數計時聲傳入我的耳畔。

3、2、1，放行！

壯麗的江山大地迅速化為一個球面，地球也成為一顆藍色星球，這樣的畫面，曾經一次又一次牢牢鏤刻在我的記憶深處。每次升空都有不同的任務，和相同的悸動，這個世界真是太美麗了。

但我了解此次任務特殊，不容我浪漫太久。

3

進入國家無人太空艙僅費去地球時間79分鐘，我已截獲一個一級目標，它靜悄悄的飄浮於我站附近空域，像隻幽靈。

我第一次見到居然在太空中也有隱形設計的飛行器，以地球常用的隱形飛機概念設計之類隱形物，體積比我站略大，判斷或許大了約五成，卻幾乎全然避過常用的天體觀測儀器，不可否認設計概念是勝過我方的。只是我委實無法明白在太空中為何還要搞隱形？而我更敬佩的是我方了不起的太空科研專家，在我接手駕馭的這座運作已經三年的無人太空艙中竟早已配備了高端科儀器材設備，讓我很快便截得訊息並破解這不明國籍的隱形太空艙的隱匿方式，在我啟動了特種偵蒐系統之後，它已在我的監控螢幕上無所遁形。

光是憑著對方擁有這樣的設計已不難臆測其存在絕無好意，何況與我站之距離是如此之近接。我合理懷疑此物在此時空之出現不具善意，這當是我應立即鎖定的第一級目標。

我努力尋找應在我的太空艙中立刻取得的可用設備，為了不被攔截到我的存在及我出現在此艙中的目的，我一進站第一時間便切斷我與地面母站的通訊系統，非萬不得以絕不輕易啟動與地面之聯繫，一切先行自我探索。太空艙中充滿五年前所無我也不曾看過的新配備，幸好出發前我獲提供一只灌有操作手冊軟體的多功能隨身螢幕，教我得以進到這個陌生的艙一如在自己家裡廚房般熟悉自在。

我又找到了我要的！我非旦得以清晰目睹身外這個不明國籍隱形太空載具的外貌，我還可以藉著ZOOM遠距對焦透視設計，一層層進入其內，執行3D全方位觀察。

我操作這個功能之得心應手讓我情不自禁想為自己歡呼一下，它使我得以直擊這個不明神祕太空物之內裝，這真是太神奇了，彷彿我不進門便可洞見門裡有什麼設備，有什麼人在裡頭做什麼。但我想歡呼的心情只一秒鐘便消失，接下來是，我發現了教我驚訝萬分的東西了，我看見了什麼？一個人，一個女性宇航員，一個這個世界上我無法忘懷、教我心情始終被提吊半空，感觸萬般複雜之人。天哪！她怎麼會出現在這個地方呀？

曾小莉，這個一直被我們伙伴謔稱為小粒的，一直無法定位我與她的關係的女性，燒成灰我都能一眼認出她的女孩，不！我都已五十了，她當然也早已不是女孩啦。

這位女士出現在這個時空環境，這個地方，教我震驚，卻也教我理解，或許她是全球唯一能和我匹配，或匹敵，或一較高下之人了。

我們曾在90年代同期獲派赴某國學習太空科學，再獲國家宇航中心選訓為一級合格宇航員，而後，我留下來，她卻叛逃了。

人總有選擇自己人生如何行走之權，這也是天賦之人權。你的人生要走那一條路？要如何走？基本上他人無從置喙。但我以叛逃二字形容她絕不過份，她是那麼的優秀，而且國家對她投入了多少的精心栽培，學成報効家國乃天經地義，也是責無旁貸的光榮使命，而她卻在宇航中心派遣她執行第一次任務前兩個月，以探視胞兄急病之名義申請出國，再繞了一個大圈圈輾轉飛往另一個國度，不回來了。

政府對她不薄！出任務前兩個月本應嚴格出入境管制，連對外聯繫通訊都必須進行必要的管制，卻因為人道上的考量，以及長期以來忠貞考核全無異狀，竟然獲得了出境核准。以欺矇手段潛逃出境不但使她成了一個受到人人唾棄的叛徒，更直接連累所有各級直屬長官使他們悉遭撤職懲處，而且，她也背叛了我。我們的感情雖然沒有海誓山盟，卻也只差小小一步。而可歎復可恨的是她不只是棄我、棄職，還投敵！她選擇了投向對國家一向並非友好，甚至常有敵對行動之國，投身於這個邪惡之國的太空任務，當了走狗。

以她的資質與學能，稱得上是外太空領域的一個奇葩，她之投敵，我方損失匪淺啊。

我獲知她的訊息後，在內心只怕沒有使用了一千遍、一萬遍立可白，恨不得此生將她永遠驅逐出牢牢銘記在大腦裡的一切記憶。當然，爾後她的一切狀況我也完全一無所悉，這已不是我想關心的了。未幾我選擇了另外一位女子，組成家庭，她便是我的夫人，或許才情不如小粒太多太多，卻是忠實忠貞，光這一點也遠遠勝出小粒至少幾個光年。

如今，距地表九百九十七公里之環地軌道，我竟與此人相遇了。

4

令我驚奇的是，看來她竟然渾然不知我已鎖定她並正在觀察她，她的神情悠閒，似乎正處於任務空檔。她的太空艙比我們這一架寬敞太多，設備也相對豪華，這也難怪，我們這一架是無人型設計，平時完全自動運作、自動調校、自動接收基地交付使命，執行長期或短期任務，太空艙裡頭為宇航員準備的狹窄空間頂多只供宇航員出緊急任務時短暫停留，我進來也只是基於完成上級徵召我並賦予我的三項任務，任務結束即離開，太多舒適的設備也沒有意義。

不太容易看見她的臉上留下多少歲月的履痕，像是依然如同我們一同受訓時的年輕，這張少女般純真美麗的臉，誰能看穿其內心想的是些什麼！如此一念間，對她的敵意迅速重襲心頭。

她正在做些什麼呢？隔著若干距離看她，教我心中有幾分偷窺他人的感覺，但這是我的莊嚴任務，我必須明確察查她究竟在做什麼？甚至，合理懷疑她正是我方受害衛星之殺手。

我全神盯住她的一舉一動，她所操作的器械有太多我並不清楚之物，各國的科技產物原就充斥著爾虞我詐，彼此設防，難得我得以如此詳加觀察，仔細研判，我以腦波迅速啟動頭盔上的攝錄設備詳加紀錄，這也算得上是這一趟任務額外收穫了。

就在我的眼光移往位於她的座位右前方一個不明用途的螢黃色螢幕時，她突然本能性的朝我的方向看過來，瞪大雙眼，露出驚詫萬分的神情。

但很快的她便鎮定的恢復了常態，開始操控座前另一組控制鈕。哈！這一組東西我好生熟悉，和我座前這一台可像啊，相似度達七、八成。天下文章一大抄，誰曉得那些科研人員誰山寨了誰。這台傢伙的作用就是此刻我用以觀察她的ZOOM遠距對焦透視儀。

她真正看到我了，微微一笑，還揮揮手。

她似乎正對我說話，我只好取消原來為了完全匿蹤而啟動的靜音設定。

「嗨！」聽來像是第二次呼喚。

我內心十百個厭惡，卻不得不禮貌回給她一個笑臉，和一個揮手。

如果說我從不曾對她有所好感那是太過虛假之詞，曾經她的音容笑貌，舉手投足都是我目光追逐的焦點，也無不牽動我的每一條心中之紘，我和她一同學習、一起熬過多少艱苦的訓練。私下也共同度過多少花前月下的美好時光，我傾服於她的美麗、聰明、才華、淵博如海的學識學養，我曾由衷的讚歎她優我太多，是國家最頂尖之宇航人員，這樣掏心掏肺的傾心折服，破滅於她的投敵行動。

老實說我至今仍然完全無法了解她何以自毀大好前程而投敵，我甚至暗中發誓即使今生有緣再見也不屑問她一句。但未待我問她，倒是他先問了我：「陳強！你好嗎？」

啊？我禮貌性的回答：「很好啊！」卻接著不由自主的回問她，妳呢？妳還好嗎？妳何以背棄了妳的承諾而離開了？

她定定的看著我，回我淺淺一笑，好一陣子才在一堆英語中突然夾雜了一句鄉土話：「有一天你會知道的。」說完並且立刻再回復英語交談。

這不是普通的家鄉話，而是使用人極其稀少的陝北一個少數民族的語言，她從未告訴我何以學會這種語言並且使用得如此流利？我們私下相處時偶而她還會秀幾句讓我學，半開玩笑的告訴我，我將是全世界第286個會這種語言的人類了，所以有時候她也會以286當做我的綽號來呼喚我。同事們聽她叫我286，還以為她是在消遣我是一台化石級的老爺電腦，沒有人知其真義，真正的意思據她所說使用這種語言的族群族裔迄今只剩下285人，我學會了以後地球上就增加了一個。然而，此刻她為什麼要使用這樣的鄉土語言？為何要說「有一天你會知道的。」「有一天你會知道的」背後意義是什麼呢？莫非有什麼難言之隱而必須避開她背後的監視？

我雖一頭霧水，但我背負的公務教我無從規避，我直接問出我必須搞清楚的重點：

「我方布建於此空域的兩座衛星是妳打下來的吧？」

她點點頭。

好了，就這樣的點頭，我已可啟動我手上按鈕，以高單位雷射軌道砲直接將她的座艙轟成碎片了。

我的手心冒著冷汗，腎上腺飆昇到最高點。

她迎著我的視線，神情平和，語氣也平和：「不要激動，我知道你想做什麼，你至今依然勇而猛一如當年。咱們萬哩相遇也是難有，在你啟動武器之前，何不容我們再談幾句，這機緣是何其之難得？」

她向我示以雙掌，用意在表明她不會搞小動作偷襲我。我明白我擁有的武器系統她必然也有，即使她雙掌示我，她也有能力以腦波啟動武器系統而瞬間毀掉我的太空艙，將我炸成宇宙粉塵。在她背叛家國之前我絕對信賴她對我的真心真情，以及值得我寄予完全的信賴，但這種信賴感已失，此刻，我該選擇懷疑她？還是信賴她呢？

我的右手手掌仍然罩在我的控制鈕上，彈指之間，只要我想要，我就可以炸掉她。

「陳強哥容我先告訴你一件必須說的事，我國的太空艙防禦系統中有一個設計，在接受到無法避過的攻擊時將同時瞄準攻擊來源，並啟動全自動反擊行動，也就是說當我被粉碎的剎那，你也將同歸於盡。這是十分邪惡的設計，但相互攻擊本來就是人類最愚蠢的邪惡啊。」

我暗捏一把冷汗，並非怕死，此生早已置死生於度外，而是敵方太空艙竟有如此和我方完全一樣的設計，這也太狠了吧！

那麼，接下來便是我和她存活於此生之倒數時間了。無論是她發動攻擊或我發動攻擊，結果皆是終結我們的兩條命，和兩架造價驚人的太空設備。

這麼一想，反而有輸出去的痛快感。

接下來反而不再掌心冒汗，神經緊繃了，於是我和她得以輕鬆對話。啊，我們有多少年沒見了？

她未婚。未婚的原因是我存在她心中之重量無人可以取代。以前如此，現在依然如此。

啊！我心中大大一震！這真是完全的意外。

她投敵的原因她仍然未便說出，卻告訴我擊落我方天河22號、天河29號兩衛星的原因除了我方先動手連續擊毀她們四顆重要的衛星，而且這天河22號、天河29號是什麼樣的衛星呢？本身便是殺手衛星，擁有殲滅相當空域中任何一顆衛星的能力，她的國家無法容忍，只好派她出擊。

她的話教我繼續驚訝，也讓我內心糾結而無從啟口回應。我奉召萬里而來，只被告知被毀的天河22號、天河29號是絕對機密層級的衛星，卻沒有人告訴我他們是殺手衛星，說的只是那是極高端科研專用衛星。我見到敵方的殺手衛星鄙視為邪惡之物，倒沒想到我要代為強力報復的我方被害衛星本身也是殺手衛星。敵方之殺手為魔鬼邪神，我方之殺手則是國防科研之必要絕對機密層級的衛星……？

我的義憤填膺瞬間崩解，不知如何重組。

「陳強哥！」她忽然輕聲喚我，教我從錯亂遐思重回現實。

「小粒請說。」

「此刻讓我們相互毀滅也不足惜，於我而言甚至此生無憾」她語氣輕柔一如數十年前的枕邊細語：「我只想跟你說，這一趟重逢如此意外，卻也實乃天意，教我有機會告訴你，此生我沒有對不起你。」

這話倒也真實。雖然我認為自己結婚、生子絕對並沒有對不起她，我怎知她竟一往情深至今……

在感情的路上，她真的未負於我。這一方面長達數十年憎恨，白恨了。

她繼續娓娓而談：「而且，無論你如何想，我也可以挺起胸膛對著這浩瀚穹蒼莊嚴發誓，我也沒有背叛養育我們的國家，或許你我相互毀滅後你再沒有獲知一切真象的機會了，但歷史終必將會給我們一個讓你以我為榮的交代。」

我此生見識無數，此刻聽她此言，雖然無法參破言外之意，心緒卻升起從未有過的千絲萬縷。

「陳強哥！我們都非貪生懼死之輩，你的英勇無懼，也是教我愛慕與痴迷的原由。

而今你既已有家有眷，我當能理解你的心意心思，畢竟許多事都回不去了。但是你若想要，你依然是可以回去的，我們其實也可以不必相互毀滅，我只稍關閉回擊系統，你便可輕鬆擊碎我而安全返航回歸人間，我無怨尤。」

啊！

我透過螢幕深情凝視著她，可歎我無萬呎之臂，此時我不能向她深深一抱。

我瞥了一眼座前複雜按鈕，明知我的對地通訊不知何時已是開啟狀態，有多少隻耳朵在地面監聽，有多少具偵測紀錄器同步紀錄著一切聲息，連喘息聲都紀錄得到，卻沒有將之關閉的心情。

沒有回不去的問題，也沒有回得去的問題，我已然心中有所抉擇定見。不知怎的，我忽然想起了好久以前縈迴我心的兩句歌詞：

何必說什麼海誓與山盟

且傾聽萬籟為我們和鳴

這好熟也好清晰的兩句，無故在心中響起猶如耳畔。

我怎麼突然想起這兩句呢？

「陳強哥，你想聽我們唱過無數回的一首歌嗎？」嚇人啊，小粒忽然在沉默之後開口問。

我當然想，那是我永遠忘不了的一首歌，也是我們一遍又一遍唱過無數次的歌。

在這個時刻，我竟然忘情的聽她的歌，然後忘情的和她合唱。我知道歌聲終結之後我們將含笑在瞬間化為粉塵，灑向這個美麗的空域，這機遇可非平凡人得以擁有啊。

真沒想到數十年沒曾再唱的老歌，此刻依然一句也沒漏。

我們在這時空俱忘之地相逢，踏實踩著堅定如鐵又其軟如綿的虛無

我們在這裡俯望腳下穹蒼，仰視座落於無垠遠方的地表

彷彿有萬鳥飛過眼前，卻是無聲呼呼滑過耳畔的星辰
何必說什麼海誓與山盟，且傾聽萬籟為我們和鳴……

（全書完）

少年文學56　PG2463

劫鏢：科幻故事集

作者／邱　傑
責任編輯／喬齊安
圖文排版／蔡忠翰
封面設計／蔡瑋筠
出版策劃／秀威少年
製作發行／秀威資訊科技股份有限公司
114 台北市內湖區瑞光路76巷65號1樓
電話：+886-2-2796-3638
傳真：+886-2-2796-1377
服務信箱：service@showwe.com.tw
http://www.showwe.com.tw

郵政劃撥／19563868
戶名：秀威資訊科技股份有限公司
展售門市／國家書店【松江門市】
104 台北市中山區松江路209號1樓
電話：+886-2-2518-0207
傳真：+886-2-2518-0778

網路訂購／秀威網路書店：http://store.showwe.tw
國家網路書店：http://www.govbooks.com.tw
法律顧問／毛國樑　律師

總經銷／聯寶國際文化事業有限公司
221新北市汐止區康寧街169巷27號8樓
電話：+886-2-2695-4083
傳真：+886-2-2695-4087

出版日期／2020年10月　BOD一版　**定價**／270元
ISBN／978-986-98148-8-1

秀威少年
SHOWWE YOUNG

國家圖書館出版品預行編目

劫鏢 : 科幻故事集 / 邱傑著. -- 一版. -- 臺北市 : 秀威少年, 2020.10
面； 公分. -- (少年文學 ; 56)
BOD版
ISBN 978-986-98148-8-1(平裝)

863.57 109011529

讀者回函卡

感謝您購買本書，為提升服務品質，請填妥以下資料，將讀者回函卡直接寄回或傳真本公司，收到您的寶貴意見後，我們會收藏記錄及檢討，謝謝！

如您需要了解本公司最新出版書目、購書優惠或企劃活動，歡迎您上網查詢或下載相關資料：http:// www.showwe.com.tw

您購買的書名：________________________________

出生日期：________年________月________日

學歷：□高中（含）以下　□大專　□研究所（含）以上

職業：□製造業　□金融業　□資訊業　□軍警　□傳播業　□自由業

□服務業　□公務員　□教職　□學生　□家管　□其它______

購書地點：□網路書店　□實體書店　□書展　□郵購　□贈閱　□其他

您從何得知本書的消息？

□網路書店　□實體書店　□網路搜尋　□電子報　□書訊　□雜誌

□傳播媒體　□親友推薦　□網站推薦　□部落格　□其他__________

您對本書的評價：（請填代號　1.非常滿意　2.滿意　3.尚可　4.再改進）

封面設計____　版面編排____　內容____　文／譯筆____　價格____

讀完書後您覺得：

□很有收穫　□有收穫　□收穫不多　□沒收穫

對我們的建議：________________________________

____

____

____

請貼
郵票

11466
台北市內湖區瑞光路 76 巷 65 號 1 樓
秀威資訊科技股份有限公司 收
BOD 數位出版事業部

（請沿線對折寄回，謝謝！）

姓　名：__________ 年齡：______ 性別：□女 □男

郵遞區號：□□□□□

地　址：____________________

聯絡電話：(日) __________ (夜) __________

E-mail：____________________